清水晴木

分岐駅まぼろし

実業之日本社

実業之日本社文庫

こんばんは。

人生の分岐点に戻れる『まほろし』という駅があるのをご存知ですか?

まほろし駅に行くには、千葉県と東京都の間を走る総武《そうぶ》線の電車に乗る必要があります。

ただし総武線といってもどこから乗っても、あるいはどこで降りてもいいというわけではありません。

まほろし駅に行くには三つの条件があります。

まず一つ目、総武線の電車に乗って、新小岩《しんこいわ》駅~平井《ひらい》駅の区間を通過しなければいけません。

その区間の中でも重要なのは、荒川《あらかわ》と中川《なかがわ》にかかる橋の上、平井駅側の河川敷に大きな欅《けやき》の木が見えるあたりです。

そして二つ目、その場所を通過する際にもタイミングが重要です。

まほろし駅にたどり着けるチャンスは月にほぼ一回。

満月の夜の時だけなのです。

それから最後の三つ目、こちらが一番重要です。

ご乗車されている本人が、過去に戻ってどうしてもやり直したいと思うくらいの強い後悔を抱えていなければいけません。

そのすべての条件が重なった時、まほろし駅にたどり着くことができます。

ちなみにまほろし駅には、月替わりの駅員がいます。

あなたの人生の分岐点へ戻るお手伝いをするためです。

人生の分岐点に戻れるというのはつまり、このまほろし駅から過去に戻ることができるのを意味します。

そして過去の人生の分岐点に戻って、もしも今とは違う選択肢の人生を歩んでいたらどうなっていたかを知ることができるのです。

そう、あくまでファンタジーの物語の登場人物のように、過去へと時間を遡り、その世界に身を置いて、もしも選ばなかった方の生き方を選んでいたら一体自分はどうなっていたかを知るだけです。

過去を変えたからといっても、現実には一切何の影響も及ぼしません。

そして過去の世界から現実の世界に戻ってきたいとあなたがもう一度願った時、またまほろし駅に戻ってくることになるでしょう。

それから知らぬ間に、ここに来るまでに乗っていた元の総武線の電車の中へと帰ることになります。


——さて、ここでまた質問です。


結果的には過去を変えることはできなくても、あなたは過去の人生の分岐点に戻ってみたいと思いますか？

もしもあの時に戻って、違う選択肢の人生を歩んでいたら、その後の自分の人生がどうなっていたか知りたいですか？


答えは「イエス」ではないでしょうか？

なぜならあなたは、過去に戻ってどうしてもやり直したいと思うくらいの後悔があるからこそ、この『まほろし駅』にたどり着いたはずですからね。

それでは、改めてお聞きします。

「あなたの、人生の分岐点はいつですか?」

四月の駅員「大久保《おおくぼ》」より

目次

第一話

もしもあの時、告白をしていたら

田中昇《たなかのぼる》は、うなだれていた。というのもなんだか最近疲れが取れない。四十歳を過ぎた頃から急に身体《からだ》にガタがきていた。現在四十二歳。サラリーマンとして働き始めて二十年が経《た》った。いわゆる中間管理職の身だが、これ以上の出世を望んでいる訳でもないし、もはやルーティーンワークになりつつある仕事を消化する毎日である。

私生活では、三十二歳の時に結婚相談所を通して知り合った、同い年の花代《はなよ》と結婚をした。その二年後に第一子が生まれる。ただそこから想像もしていなかったのは、八年の間に続けて三人の子どもが生まれたことだ。しかも全員男。

つまり今家には八歳、六歳、四歳、三歳と四人のわんぱく盛りの息子たちがいる。最初は男の子が産まれて夫婦二人で喜んだが、二人目も男の子が産まれた後に、次は娘が欲しいと花代が言い出した。それからなんとか精を出してはみたものの、その後に続いたのはまた男、またまた男だった。特に後悔はしていないが、流石《さすが》にそれ以上子どもを望むのは諦めた経緯がある。

「ふう……」

——船橋《ふなばし》。——船橋。

ため息のように息を吐き出して、電車から降りる。今日も仕事が終わった。ほんの少し安堵《あんど》する。でも今日は座席に座ることはできなかった。それだけでまたいつもよりどっと疲れた気がする。

改札を出てから空を見上げると、ずいぶん丸くなった月が浮かんでいた。きっと明日には満月を迎える。四月になってだいぶ日が伸びた。それでも会社を出る頃にはすっかり夜になっているし、納期が間近なのもあって最近は残業続きの毎日だ。なんだか家でも職場でももみくちゃにされている気がする。元来、一人で過ごす時間を好んでいた身ではあったし、もう少しプライベートな時間が欲しかった。自由な時間と言ってもいい。

ただそんなものがもう与えられる身ではないことも重々承知している。四十過ぎの年齢というのは、色々なものに踏ん切りをつける歳《とし》でもあるのだろう。

「……ただいま」

そう言って田中が家の中に入っても「おかえり」の言葉はなかった。というのも既に居間の食卓では熾烈《しれつ》な争いが繰り広げられていたからだ。

「それ俺の！」

「残念！　早い者勝ちだ！」

「おかわり！」

「うえーん！」

「泣いてんじゃないよ！　早く食べな、好きなものは最後になんて残してたらダメよ！」

　もう一度うなだれたくなった。

　ただそこでようやく田中が帰ってきたことに、花代が気づいて声が飛んできた。

「あんたそんなところで突っ立ってないで早くご飯にしな！　冷めるわよ！」

　すっかり肝っ玉母ちゃんになった。田中はこれまた後悔していないけれど、思わず出会った頃の記憶を引っ張り出してしまう。昔は体型もすらっとしていて、夫の半歩後ろを歩くようなおしとやかさがあった。今はそんな様子はかけらもない。田中からすると、妻は息子を産むたびに、どんどん強くなっていったように感じた。正直言って中身と一緒に見た目もだいぶ変わったのだ。ブッ、と豪快に屁《へ》をするのは日常茶飯事だし、控えめな「きゅんっ」みたいな音のくしゃみは「ぶやっくしょい！　てやんでえ！」と生粋の千葉生まれ千葉育ちのはずなのに、江戸っ子丸出しのものに変わっていた。

　ただ、田中自身も見た目は変わったから、相手のことをとやかくは言えない。腹が出て、髪は目に見えて薄くなった。子供の頃に銭湯で見た、腕と足が細くて腹は出てる、あの中年の姿に近づいているのを実感している。ただし田中のほうは、花代とは違って中身はそんなに変わっていないのが瑕《きず》だが……。

「ちょっと一杯飲んでから……」

そう言って冷蔵庫に手を伸ばした瞬間、花代から矢継ぎ早に声が飛んできた。

「ビールはないわよ！　発泡酒もね！　水道水でも飲んでちゃっちゃと食って風呂入って！」

子どもたちの声に負けないように言っているから、声を張り上げているのは田中にも分かっている。それにこんな風にぞんざいに扱われても、共働きのうえに料理まで作ってくれているのだから、文句なんて言える筋合いは何もなかった。

まあ、全部なるべくしてなったことなのだと田中は受け入れていた。

ここ数年、これが何も変わらぬ日常で、自分の現状なのだから、と。

「……ぷはあっ」

どうせならと、水道水をビールのように飲んでみる。

「……」

ただ息を吐いたところで、口の中に広がったのは後味の悪いカルキ臭だけだった。

それも当たり前だ。浄水器すらも使っていないただの水道水なのだから。こんなものに味わいなんてある訳がない。

——でも、そこで田中はあることを思い出した。

先週の土曜日に飲んだビールの味のことだ。飲む振りをしただけで思い出してしまったのだ。あの時のビールは美味《うま》かった。ここ数年でも一番美味かった気がする。

久々に開かれた高校の同窓会の場だった。

そこにはあの人の姿があった。

高校の頃のマドンナ、岩崎《いわさき》すみれ。

すみれは当時と変わらず美しかった。

一緒にいるだけであの頃にタイムスリップしてしまうかのように、彼女は綺麗《きれい》なままだった——。

○

——金曜日。今週の仕事がようやく終わった。

ただいつにも増して集中できていなかった。やっぱり田中の頭の中では、先週の同窓会での出来事が尾を引いている。

秋葉原《あきはばら》から電車に乗って運よく座ることはできたが、今日もずっと考えてしまっていた。あのセリフはあまりにも鮮烈だったのだ。

「私、学生の頃田中君のこと好きだったんだよね」

すみれは同窓会の場で、田中の隣の席に座った後にそう言った。田中だけに聞こえるような囁《ささや》く声だった。

——浅草橋《あさくさばし》。——浅草橋。

田中はその言葉だけで色めき立ってしまった。こんな感覚久々だった。というのも田中は高校の頃、ずっとすみれのことが好きだったのだ。

当時のすみれは高嶺《たかね》の花で、いわゆるマドンナ的な存在だった。クラスの中にもすみれに好意を寄せている男は沢山いたし、田中からしたらそんなマドンナが自分と好き同士なんてことはまったく想像できなかったのだ。

——両国《りょうごく》。——両国。

ただ、思い当たる節はあった。あれは卒業式の日のことだった。たまたま田中はすみれと同じ電車に乗り合わせたのだ。田中は自分が副部長を務めていたバレー部の顧問に挨拶を告げた後で、すみれはそのまま教室の中で友達と話をしていた帰りのタイミングだった。

田中の向かいの席にすみれがいた。でもすみれは他の友達と話をしていたから話しかけることはできない。田中は窓からの景色を見る振りをして、時折すみれに視線を送ることくらいしか出来なかった。

無情にも電車は進んでいく。そしてすみれの降りる京成《けいせい》線の京成佐倉《さくら》駅まで来た。そのまま視線は一度も重ならずに終わるものだと思った。

だが席を立ってから電車を降りる間際、すみれが微笑《ほほえ》んだ。その方向にいるのはさっきまで話していた友達ではなく、間違いなく田中だった。些細《ささい》な出来事だ。でもこのときの田中にとってみれば、月面着陸を果たしたアームストロング船長の「これは一人の人間にとっては小さな一歩だが人類にとって大きな一歩だ」という言葉を思いだすくらいに大きな出来事だった。

それはただのクラスメイトの男子に向けたものだったのだろうか。でも同窓会で言われた言葉と結びつけるのには、そんな些細な出来事でも充分すぎるものだった。

——錦糸町《きんしちょう》。——錦糸町。

「……ははっ、もっと前に言ってくれれば良かったのに」

田中はその場ではあまり動揺を見せないように答えた。あれから二十年以上が経ってもすみれの前で格好つけていたのだ。学生時代からの性分というのはそうそう変わらないのかもしれない。

「もっと前に言っていたらどうなったんだろうね」

すみれはそう言って、レモンサワーを一口飲む。グラスを傾けた時のカランッという氷の音が、まだ賑《にぎ》やかなはずの空間にやけに響いた。

田中がその言葉に答える前に、すみれは他のクラスメイトから話しかけられて席を立った。そしてまた喧騒《けんそう》の中に混ざっていく。

——亀戸《かめいど》。——亀戸。

もっと前に言っていたらどうなったんだろう……。

すみれの言った仮定の言葉が田中の頭の中にこびりついた。

起こるはずのない、『たられば』。

でもどうしても想像してしまうのは仕方のないことでもある。人生をある程度歩んできて、ぼんやりとこの先が透けて見えてしまっている今だからこそ、こういう過去の『たられば』をみだりに考えてしまうのだ。


——平井。——平井。


車掌の車内アナウンスが響くとともに電車は千葉に向かって進んでいく。しかし田中の心の中はどんどん過去へと遡っていた。

目を瞑《つぶ》ると、あの日のことが鮮明に思い出せる。

実際、田中はすみれに告白をしようと思っていた。

卒業式の電車の中だ。

でも、高校生のあの瞬間は勇気が出なかった。

今は友達がいるから、電車に乗っているから、それに高校を卒業したし、もう会うこともなくなればこの胸の痛みも無くなるはずだから——。

さまざまな理由をつけて告白することを避けた。

でも、同窓会での言葉を鵜呑《うの》みにして良いのなら、もしもあの時、すみれに告白をしていたらどうなっていたのだろうか。

もしも過去に戻って、あの日をやり直せたら——。

「次は、新小岩、新小岩。快速電車にお乗り換えの方は……」

——ガタガタンッ、ガタガタンッ。

電車は荒川と中川の上を走る橋のところまで来ていた。線路の上を走る音が変わったので田中も気づいた。

窓から外の光景を眺める。二つの川に沿って走る首都高速道路の街灯がイルミネーションのようにも見えた。そしてその道路よりも遥《はる》か上空で存在感を発揮していたのはまん丸な美しい月だった。

満月だ。煌々《こうこう》と輝いている。

その月の光を見つめていると、なんだかそのまま吸い込まれてしまうような気がする……。

「えっ……」

田中がそう思った瞬間だった。

窓の外の景色が満月だけを残し、何もない青い薄暗闇に変わっていく。

まるでおとぎ話の世界に入り込んだかのように、目の前の景色があっという間に変化する。

川も、橋も、忽然《こつぜん》と消えてしまっていた。

「なっ……」

というか、一番驚くべきことは、さっきまで一緒にいたはずの乗客が田中以外一人もいなくなったことだ。

電車の中に残されたのは田中だけになってしまった。

「こ、これは、一体……」

そのまま田中を乗せた電車は、とある場所にたどり着いて停《と》まる。

薄暗闇の中にぼんやりと浮遊したように存在する明かりの灯《とも》った駅だ。

そして、プシューッと音を立ててから、車両のドアがゆっくりと開いた――。

「ここは……」

田中はおそるおそる電車から降りてあたりを見回す。

見たこともない駅だった。

ただ、駅の柱にはこう書いてあった。

「まほろし……」

そうあったのだ。まほろし駅。聞いたこともない駅だった。というかここがまるで現実的な場所に思えない。自分一人がなにか夢でも見ているかのような気分だった……。

「夢、だよな……」

電車の中で目を瞑っていたわけでもなく、意識ははっきりしたまま満月を見ていたはずだけど、この際気にしないことにした。そう思わないと今正常な気分を保てそうになかったからだ。

ただ、田中が呟《つぶや》いた瞬間に、ある声が聞こえた。

「夢ではないですよ」

声のする方を振り向くと、そこにはある女性が駅のホームに立っていた。

「まほろし駅へようこそ」

そう言われたことで田中も直感的に分かった。

というか服装がそうだったのだ。

駅員だ。

そして相手が、言葉を続ける。

「――あなたの人生の分岐点は、いつですか？」

○

「ここは人生の分岐駅、まほろし駅です。そして私は四月の駅員です、以後よろしくお願いします。田中さん」

田中の名前を聞いた後に、今度は駅員の方から自己紹介があった。ショートカットにきっぱりとした口調がよく似合う。ただ田中にとっては何がなんだか訳が分からなさすぎて、聞きたいことが山ほどあった。

「な、なんなんですか、このまほろし駅って……、ここが夢ではないとしたらここは現実の空間なんですか？　何もかも信じられないんですが……」

「そうですね、確かにすぐに信じてもらうのは難しいと思います。それに説明もまたとても難しいのですが、ここは現実というよりも、現実とは隔絶された空間と思ってもらった方がいいかもしれません。通常、このまほろし駅を訪れることは現実ではありえませんから」

「つ、通常、ってどういうことですか？　私はまた元の電車の中に戻れるんですか？　さっきまで私はいつもの総武線の電車に乗っていて、もうすぐ新小岩駅に着くところだったんですよ！」

突然の事態に声を荒らげた田中を諫《いさ》めるように、駅員は両手を前に出して言った。

「その点に関してはご安心ください、いずれ時が来ればまた先ほど乗っていた総武線の電車の中にちゃんと戻ることができますよ。時間も場所もそっくりそのままです、先程夢ではないと言いましたが、ある意味ここでは夢でも見ているかのように時間が過ぎるだけですから」

駅員から説明を受けると、田中はほんの少し胸を撫《な》で下ろした。ひとまず時間が経てば元に戻れるという言質《げんち》は得た。ただこれから何が起こるかは、まだ想像がついていない。そして田中自身、未《いま》だに目の前で起きていることをまったく受け入れられていなかった。

「時が来ればって言われても、一体なんなんですか……。それに、どうして私がここに……」

「どうしてと言われても、それはむしろ田中さんが望んだからですよ」

そんな言葉が返ってくるとは田中もまったく予想していなかった。

「わ、私が望んだ？」

「ええ、言うなれば三つの条件が重なったことで、田中さんはここにたどり着いたんです」

「三つの条件？」

駅員は田中の言葉に答えるように、指を三つ立ててから言った。

「荒川と中川の上の橋、つまり新小岩駅と平井駅の間を総武線の電車で通ったこと、今日が満月の夜だったこと、そしてあなたが過去に戻ってどうしてもやり直したいと思うくらいの強い後悔を抱えていたこと。この三つです」

「過去に戻ってどうしてもやり直したいと思うくらいの強い後悔……」

田中は自分がこのまほろし駅なんて辺鄙《へんぴ》な場所に連れてこられたことに思い当たる節なんてなかったが、最後の言葉には引っかかってしまった。まさにその通りだったからだ。

今日、電車に乗った瞬間、ずっと頭の中では学生時代の頃を思い返していた。その頃に戻ってあの日をやり直したいと願い、告白をすれば良かったと後悔していた。でも、なぜそれが条件に含まれているのか分からない。

「……ここに来るのに、後悔を抱えているとかそんなことが、一体何の関係あるんですか？」

「大いに関係があります。なぜならこのまほろし駅を訪れた人はこれから、後悔を抱えている過去の分岐点へと戻ることができるからです」

「過去の分岐点へと戻る……」

そう言われた瞬間は意味が分からなかった。

でもここを訪れてから、すぐに目の前の駅員が言ったことを田中は思い出した。


あなたの人生の分岐点は、いつですか？


彼女は、そう言ったのだ――。

「そんなこと、あり得る訳が……」

田中がそう言ったところで駅員が口を挟む。

「確かにすぐには信じられませんよね、そんな不可思議な現象が起きるわけなんてない。でもそういう想像の範疇《はんちゅう》でいうなら、こんなまほろし駅なんて場所も存在するはずがないと思いませんか？」

「それは……」

そう言われてしまうと、返す言葉が見当たらなかった。既に説明することのできない不思議な体験をしてしまっている。こんなまほろし駅なんて現実では想像もつかない場所が存在するのなら、確かに過去の分岐点へと戻る不思議な現象もあってもおかしくないと思ってしまった……。

「信じていただけますか？　このまほろし駅の存在も、そして過去の分岐点に戻れるということも」

「まあ、信じるというか、とりあえずここは信じないことには話が進まないというか……」

「それで充分ですよ」

駅員がにっこりと笑った。

まだ半信半疑のような答え方をしたが、実際のところ田中は目の前で起きている出来事の六、七割くらいは信じ始めていた。というのもやっぱりこの現象を体験してしまったからだ。それに自分が後悔を抱えていたことも完璧なまでに言い当てられていた。残る選択肢は自分自身がとてつもなくリアルな夢を見ているというくらいだが、電車では目は冴《さ》えていたし、これが夢だなんてとてもじゃないが思えなかった。

これは現実だ。

とてつもなく不思議な現実だ――。

「それでは田中さん、本題に入らせてもらいます。先程も申し上げました、ここを訪れた人が過去の分岐点へ戻れるという点です」

駅員がもう一度ニコッと笑ってから話を始める。

「人の人生には必ず分岐点というものがありますよね。その分岐点での選択というものは、学生の頃の進路や、大人になってからの仕事や、誰かと生活を共にする結婚や、子供の頃から追い続けた夢、または人との出会いや別れなど、さまざまなものだと思いますが、このまほろし駅からは、そんな人生の分岐点に戻って、自分が本来選ばなかったはずの過去の選択肢での世界を過ごすことができるんです」

駅員は淀《よど》みなく言葉を続ける。

「ただあくまで一定の時間を過ごせるだけです。過去に自分自身が選ばなかったはずの世界に身を置いて、物語の登場人物のように体験するわけですが、ある意味夢を見ているような感覚に近いかもしれません。過去の分岐点での選択を変えても、何か現在に影響を及ぼすことはありませんから」

「なにも変わらない……？　それなら過去に戻っても意味なんてないんじゃ……」

初めて田中は口を挟んだ。実際にそう思ったからだ。過去に戻れるというからには何か変えられると思った。でもそれすらもかなわないのなら、過去にわざわざ戻る意味なんてあるのだろうか……。

「確かにそのことに関しては、人それぞれかと思います。過去に戻ることが貴重な経験になるかもしれませんし、片や過去になんの興味もない人からしたら無駄なものになるかもしれません。……でも、田中さんには必ず意味があると思います」

そこで駅員が、核心をつくかのように言った。

「なぜなら、過去に戻ってどうしてもやり直したいと思うくらい強い後悔を抱えている人しかここを訪れることはありませんから」

「……」

確かに、その通りだった。

田中は同窓会のあの日からずっと考えていた。

もしもあの時、岩崎さんに告白をしていたらどうなっていただろうか。

現実が変わらないとしても、ただその答えが知りたかったのだ——。

「思い当たる節があるようですね」

「……ええ、その通りです」

田中は白状するように言った。

「くだらない中年男の妄想かもしれませんが、あの日高校時代に好きだった人に告白していたらどうなっていたかを知りたいんです。最近はそのことばかりずっと考えていました……。本当に馬鹿だと分かっています。妻子ある身のこのいい歳で……、もちろん妻も息子たちも愛していますけど、ただ一度思い出してしまったらどうしても気になってしまって……」

「馬鹿なお話なんかではありませんよ、秘めた想《おも》いを伝えられなかったなんて後悔はよくあるものですから。それが青春を謳歌《おうか》していた学生時代なら尚更《なおさら》です」

駅員がそう言ってくれたことが田中にとってはありがたかった。この歳になってこんな内容の相談をできる相手もいなかったし、本当に自分自身の馬鹿げた妄想だと思っていたから。

それから続けざまに駅員がフォローするように言った。

「それにもしかしたら、その時代をもう一度過ごせるだけでも意味のあることかもしれませんね、人によってですが、過去の青春時代はとてもエモーショナルで煌《きら》めいたものでもあると思いますから」

確かにその通りだと田中は思った。自分にとっても毎日変化があって一分一秒が輝いていたあの頃に戻れるのなら、それだけでも充分価値がある気がする。あの頃には気づかなかったけれど、こうして遥か遠い大人になってからは、学生時代がとても貴重な瞬間に思えたのだ。

「それでは、早速過去の分岐点へと戻りましょうか。スムーズに話が進んで私もホッと胸を撫で下ろしました」

その言葉通り、駅員は安心したかのような表情を浮かべていた。ここで駅員を務めて日はまだ浅いのかもしれない。

そういえば、と田中も思い出す。最初にこの駅員は、自分が四月の駅員だと言っていた。それが何か関係しているのだろうか……。

「さあ、こちらへどうぞ」

ただ尋ねる前に駅員に促されて田中はまた電車の中へ入った。

過去の分岐点へと戻る準備はもうできていたみたいだ。

駅員は、空いていた席に座った田中の目の前に立って説明を始める。

「これから田中さんは、この電車に乗って過去の分岐点へと戻ることになります。ですが先ほども言ったように、流れる時間の中で過去を変えても現在には一切何の影響も及ぼしません。それから過去の世界を充分体験した後で、田中さんが元の世界に戻ってきたいと願った時、またまほろし駅へと戻ってくるでしょう。ただ戻ってくるタイミングについては、個人差があるので人によってまちまちです。一応、遠い過去に戻るほど長くなる傾向はあるので、二十数年前に戻る田中さんの場合は相当な長旅になるかもしれません。ですが、安心してください。現実の時間経過はありませんし、過去では一本の映画のように時間はとても早く経過します。なのでダイジェストのように飛ばし飛ばしに進んで気がつけば数ヶ月、また数年分の時間を過ごしていることにもなるでしょう。田中さんは、ただ時の流れに身をまかせて過去の違う選択肢の世界を存分に過ごしてもらえれば幸いです」

田中はこくりと頷《うなず》く。

今になって説明のつかないようなことを言われたとしても、全てを受け入れる気でいた。

ここまできたら信じるしかなかった。

駅員の言った通り、自分自身が望んでこのまほろし駅に来たわけでもあるのだから――。

「……それでは、田中さんが戻りたいと思っている人生の過去の分岐点を思い出して、その瞬間に戻りたいと強く願ってください。電車が走り出してトンネルを抜けた後、そこは過去の分岐点に通じているはずです」

「……分かりました」

「それでは、良い旅を」

駅員はニコッと笑って言うと、電車を降りていった。

「ふぅ……」

田中はひとつ息を吐いてから、誰もいない車両の真ん中の席に座ったまま強く願う。

——高校の卒業式、あの日に戻りたい。

岩崎さんに告白できなかった、あの電車に乗っていた時に——。

すると、電車が動き出した。

ほどなく駅員が言っていた通り、車両はトンネルの中に入っていく。

明かりもほとんどない。

真っ暗な中を突き進んだ。

「あっ……」

ただその時、田中の目にも光が映った。

電車の進む先にわずかな光が灯っている。

――ガタンゴトンッ。

――ガタンゴトンッ。

電車の走る音がオーケストラのフィナーレを迎えるように強く響きだして、それから目の前の光が近づいて、太陽のように大きくなる。

――トンネルを抜ける。

目も開けられないくらいほどの眩《まばゆ》い光が、車内に差し込んだ――。

◇

「こ、ここは……」

私は電車のかすかな振動に揺られて、目を覚ました。

さっきまであたりは満月が昇る夜だったのに、今は窓から昼過ぎの強い日が差し込んできている。これだけでも信じられないような光景だった。いやそれよりも驚くべき光景が広がっていたのは、電車の中だった。

パッと見ただけでも分かるような一昔前の電車の広告。乗客の服装。そして私自身の服装も様変わりしていた。高校生当時の学ラン姿だ。手には卒業証書の入った筒まである。

「……なんてことだ」

決定的だったのは、窓に映って反射した自分の顔だった。かすかに映っただけだが明らかに若々しかった。というか高校生の頃に戻っていた。髪はふさふさとしていて、顔もシャープな輪郭を保っている。

「本当だったんだ……」

もう完全に信じるしかなかった。半信半疑な気持ちなんて吹き飛んでいた。

実際にこの現象を体験してしまったのだ。

あの不思議なまほろし駅にたどり着いた時と一緒だった。

論より証拠、百聞は一見にしかず。

目の前の光景が何よりの証拠だ。

——私は、本当に過去に戻ってきたんだ。

「あっ……」

ただそこで、自分の変化をゆっくりと懐かしむ間もなく、視界にある女性の姿が飛び込んできた。その光景を見て私は思わず声を漏らしてしまったのだ。

岩崎さんだ。

あの岩崎すみれがセーラー服姿で向かいの席に座っている。私と同じように卒業証書の入った筒を持って隣の友人たちと楽しそうに話をしていた。

その美しさは変わらなかった。過去に戻ってきたのだから当たり前のことだろう。ただ、私が頭の中で記憶していた岩崎さんの在りし日の姿と、完全一致していたことに私は感動すら覚えていた。

その姿をこうやってもう一度見つめただけで、あの頃の記憶が頭の中に流れ込んできてしまう。教室の中で隣の席になることはなかった。でもクラスの中で二人だけの美化委員になることはあった。一番の思い出は夏になる前にプール掃除を一緒にしたことだ。制服を折って着て、私と岩崎さんは一緒にモップを使って拭く係を務めた。でもその時に外のホース係の生徒がふざけて水をあたりに撒《ま》いて、水しぶきの中に私と岩崎さんも包まれることになった。差し込む夕日の中で、水と踊る岩崎さんの姿は、当時ブラウン管のテレビの中で踊るアイドルにも負けないくらいに輝いていた――。

「次の駅は、京成佐倉――。京成佐倉――」

私の回想を止めたのは、電車のアナウンスだった。

駅名を聞いた瞬間に思い出す。私と岩崎さんは通学に京成線を使っていた。

そして、京成佐倉駅は岩崎さんが降りる駅だったのだ。つまり、この後に起こるのは――。

「じゃあまたね、卒業旅行楽しみにしてるから」

私がその記憶を掘り起こした瞬間に、当時と全く同じタイミングで岩崎さんが席を立つ。

あの時はここで、ただその後ろ姿を見送って終わってしまった。

何も声をかけることなんてできなかった。

一歩、二歩と岩崎さんが歩きだしてから、瞬間的に私と一番距離が近くなる。

そして、ほんの一瞬だけど岩崎さんが私のことを見つめた。

私は、この次に起こることを知っている――。

岩崎さんが、ニコッと微笑んだ。

「岩崎さん……」

電車のブレーキ音にかき消されてしまうくらいのかすかな声でその名前を呟いた。

これも、あの時と全く一緒だ。

当時の私はそれだけで満足してしまったのかもしれない。その笑顔を見送って、何も言えないままだった。その微笑みに、クラスメイトに向けるもの以上の意味なんてないと思っていた。

でも今は違う。

私はあの同窓会で聞いてしまった。

『私、学生の頃田中君のこと好きだったんだよね』

その言葉が本当だったとしたら、今の微笑みも特別な意味を持つことになる。

それを、今この場で、二十数年越しだけれど、その笑顔の意味を確かめたかった——。

「……岩崎さん！」

電車を降りて、ホームを歩き出した岩崎さんに向かって声をかけた。

ここからはもう、実際の過去とは別の世界が始まることになる。新しい選択肢の世界を体験することになるのだ。

　なぜなら実際の過去の私は、走り出した電車の窓から京成佐倉駅のホームに立つ岩崎さんの姿を見つめるだけで終わってしまったのだ。そして私はそのことをずっと後悔していたのだから……。

「……どうしたの？　田中君」

　急に私に呼び止められたことに驚きながらも、岩崎さんは不思議そうに私に向かって言った。

　制服姿の岩崎さんと向き合っていることに、自分自身も不思議な感情を抱いてしまう。こんな瞬間が来るなんて思わなかった。

　現実の世界では先週、同い年の大人になった岩崎さんと話をしたけれど、やっぱり今の方が緊張した。なぜだろう、私の精神すらも過去に戻っているのだろうか。それとも青春時代には、大人になってからもう一度開けてはいけない、パンドラの箱のような秘められたものがあるのだろうか。私はもう一度開けてもいいのだろうか……。

「い、岩崎さん……」

　ふさがってしまいそうな喉の奥から言葉を絞り出す。

遅れて自分が緊張している理由に気づいた。

――これから告白をするのだ。

あの居酒屋で話した時は、ただの思い出話をしただけだ。

今から私は二十数年越しの告白をする。緊張しないわけがなかった。現実にはなんの影響も及ぼすことのない夢のような場所だとしても、目の前の光景はあまりにもリアルだった。ただ、ここで以前と同じように手をこまねいていては、なんの意味もない。想いをちゃんと伝えなければ……。

「……岩崎さんのことが好きです」

最初の言葉をなんとか絞り出すと、後から言葉が続いて出てきてくれた。

「ずっと、好きでした。でもずっと言えなくて、だからこんな卒業式の後のタイミングになってしまって……」

自分が思っていた以上の想いは伝えられなかったかもしれない。でも変に飾り付けをしないでまっすぐに想いを伝えることができた。私自身、告白をできなかったことに後悔を抱えていたから、これで良かったのかもしれない。高校生の頃の私も、きっとこれくらいのことしか言えなかっただろうから……。

そして、岩崎さんが言葉を返してくれた。

「嬉《うれ》しい……」

「えっ？」

その後に出てきた岩崎さんの言葉に、私は耳を疑った。

「……私も田中君のことが好きだったから」

「そんな……」

岩崎さんが同窓会で言った言葉は、本当だったみたいだ。あの場限りのリップサービスではなかった。

ということは、やっぱり私が高校生の頃に告白していたらオッケーをもらえていたのだ。岩崎さんから好きと言ってもらえて嬉しいはずなのに、やりきれない思いも湧いてくる。

あまりにも事実を知るには遅すぎた。もう今更何かをやり直すことなんてできない。こんな事実を知るくらいなら、どちらかと言うと過去になんて戻ってこないほうがよかったのでは……。

でも、私がそんな複雑な感情を抱き始めていた時に、岩崎さんが笑って言葉を続けた。

「もう高校は卒業しちゃったけど、これからよろしくね、田中君」

「えっ？」

「えっ、だって、告白してくれたってことはこれから付き合うってことだよね……？」

言われてみれば当たり前だ。けど私は気づいていなかった。

分岐点で違う選択肢を進んだ過去の世界にも続きがある。

——岩崎さんへの告白が成功して付き合った後は、私はどんな人生を歩んでいたのだろうか。

確かにそのことも気になる。

ここまで来たのだから続きを見ないわけにはいかなかった。

「……もちろん、こちらこそこれからよろしく」

「よかったあ、大学、田中君も千葉だもんね？　そしたらたくさん一緒に遊べるね」

そう言って岩崎さんが笑った。

その笑顔を間近で見ると、頭の中がふわふわして舞い上がるような気分になってしまう。

これから岩崎さんとのお付き合いが始まることになるのだ。

人生の分岐点に戻って告白をしてからも、まだ夢は醒《さ》めそうになかった。

◇

駅員さんの言っていた通り、過去の世界のなかではめくるめくようなスピードで時間が進んだ。

大学時代の交際は驚くほどに順調だった。お互いに学業やバイト、サークル活動にもいそしみ、合間を縫った休みの中でデートを重ねて、夏休みには遠出をして旅行へ行ったりもした。

大学卒業後には、現実では受かることのなかった第一志望の会社で働き始めることになった。そんな大企業から内定をもらえたのも、岩崎さんと付き合い始めて、自分に自信を持てていたのも影響していたと思う。

社会人としての生活も何不自由なく進んでいたが、二十七歳のときに大きな転機を迎えることになった。

結婚だ。相手は岩崎さん。社会人になってからも交際は順調に進んで、とんとん拍子で結婚することになったのだ。

結婚生活は幸せそのものだった。食事はうまいし気立ては良い。それに何度見ても、美貌に見惚《みと》れてしまう。私も隣を歩く夫として少しでも見合うように、見た目の維持に大分気を遣った。現実では私もアラサーになってから腹がでてきて体型も崩れ始めたが、この世界では三十歳を過ぎても体型は大学の頃からほぼ変わらなかった。

それにしても、高校の卒業式から付き合い始めて、これほどまで順調に物事が進むとは思わなかった。

――あの時告白していれば、こんなにもまったく違う人生を歩んでいたのか。

それは後悔というよりも、単純に驚きの方が大きかった。ただ告白をするかしないかだけだと思っていたけど、その後の人生を左右する仕事や結婚にまで大きな影響を与えることになったのだ。

『蝶《ちょう》の羽ばたきが地球の裏側で台風を起こす』というバタフライエフェクト効果にも似ているのかもしれない。小さな出来事が後になって大きな影響を引き起こすのだ。まだ若い十代の頃の選択肢を変えてしまったのだから、こうなるのも必然だったのかもしれない。

やっぱり高校生の卒業式の日のあの瞬間は私にとって大きな、それは大きな人生の分岐点だったのだ。

——ただ、そんな幸せな日々に陰りが見え始めたのは、三十五歳を迎えた時のことだった。

なぜか、なかなか貯金がたまらなかった。

贅沢《ぜいたく》な暮らしをしているわけではない。何より私と岩崎さんの間には子どもがいなかった。だから現実の大家族の時と違って、カツカツになるような生活をしている訳でもない。今は共働きではないけれど、そこそこの企業に勤めている私は平均以上の給与ももらっていた。

しかし、理由はすぐに明らかになった。原因は岩崎さんの隠れた浪費癖だった。私の知らないところでブランド物のバックや、化粧品を惜しげもなく買い、高級エステにも通いつめていたのだ。

ただ私は決して悪いことだとは思わなかった。岩崎さんほどの美貌を保つには、必要なことなのだろう。できれば、事前にそのことを言っておいて欲しかっただけだ。

それよりもある意味一番ショックだったのは、岩崎さんの料理の中で私が一番好きなメニューの『鳥つくねの甘酢あんかけ』が、デパ地下のお惣菜《そうざい》だったということとだ。「これ、お店で出せる味だね」なんて言っていた私があほみたいだった。

岩崎さんは事実が明らかになった後、涙ながら私に謝ってきた。そしてこれからは心を入れ替えて料理も頑張るから、と言った。その健気《けなげ》な姿を見て私は胸を打たれてしまった。私も夫として行き届かない部分があったのかもしれない、決して一人の問題ではなく夫婦の問題だと思った。

「大丈夫、高校生の頃からの付き合いなんだから、私たちなら上手《うま》くやれるよ」

だからこそ私はそう言った。建設的に未来のことを考えたいと思ったのだ。それに本当になんてことはないと思った。むしろどれだけ完璧に見える人にも、欠点があるというのを知って親近感が湧いていた。岩崎さんの新たな一面を見られた気がしたのだ。

私は余裕だった。

こんなの屁でもなかった。

でも、その余裕は徐々になくなっていくことになる。


「す、すみれ……？」

駅前のパチンコ屋の中に岩崎さんの姿を見つけてしまった。

手馴《てな》れた様子でパチンコに興じている。しかもタバコを吸っていた。白い息を台に向かって吐き、かなり短くなったところでそのまま火を次のタバコにつなげる、いわゆるチェーンスモーカーだ。バリバリのヘビースモーカーの所作だった。

「そんな……」

見てはいけないものを見てしまった気がした。ギャンブルもタバコも岩崎さんから最も遠い位置にあるものだと思っていた。

しかしそんなことはなかった。今回はまるで親近感なんてものは湧いていない。むしろ胸の奥に何かチクチクとした嫌なものが刺さっている気がした。

買い物やエステの浪費だけでは、確かにお金の減るスピードがあまりにも早いと思っていた。パチンコにもはまっていたなら納得だ。嫌なところで玉と玉が、いや点と点がつながってしまった。

私は家に帰ってからできるかぎり婉曲《えんきょく》的にこの日のことを問い詰めると、岩崎さんはまた真珠のような涙を流しながら謝ってくれた。

そして金輪際ギャンブルもタバコもやめて、これからはボランティアとアロマキャンドルに専念すると誓ってくれたので、私はこの一件を水に流すことにした。

——だがしかし、だいぶ強めの水量で流したつもりだが、今度はもうどうやっても流すことなんてできないくらいの屁をこえた大砲が飛んできた。

「………」

今度は言葉にもならなかった。岩崎さんが、不倫をしていた——。

腕を組んで同年代くらいの男と並んで歩いてる姿を見かけてしまった。

探偵を雇って調べてみると、相手は中学校の頃の同級生のようだった。出会いは同窓会での再会がきっかけになったみたいだ。私はそれを聞いただけで全てが分かってしまった。

きっと岩崎さんは、こう言ったのだろう。

「私、中学生の頃あなたが好きだったのよね」と——。

それが岩崎さんの常套句《じょうとうく》だったのだ。私はその言葉をまんまと鵜呑みにしてしまった。たぶん私以外の色んな人にも言っていたのだろう。浮かれた自分が馬鹿みたいだった。

このことはさすがに私も岩崎さんに言い出せなかった。今度は泣いて謝られても水に流すことなんてできないし、どんな話をすれば建設的なものになるかも分からなかったからだ。

何も気づいていない岩崎さんは家を出かけることが増えて、私は一人で家にいることが多くなった。自分一人でどこかへ出かける気になんてなれなかった。広い家の中で一人で過ごしていると、何かとてつもなく静かな空間にいるように思えてしまう。

前までは家の中は絶えず子供がわめいて落ち着かない空間だった。現実では私が三十四歳の頃に第一子が生まれた。でもこの世界には一人もいない。岩崎さんも子どもを作ることに積極的ではなかった。

私はあれだけ欲しいと思っていた自分だけの時間が、こんなにも静かなものだとは思わなかった。

「……」

テレビに流れているのはクイズ番組。若い頃からクイズ番組は結構好きだったけれど、家で私が先に答えると子どもたちから「先に答えないでよ！」とブーイングが飛んでくるからおいそれと答えることはできなかった。

でも今は、ゆっくりと考える時間も、答えるタイミングもある。

「……房総《ぼうそう》の黒潮」

——正解。私と同じ答えを言った解答者に司会者がそう言った。「当初は千葉と茨城限定で発売が始まった、マックスコーヒーの缶の柄に描かれている黒い波打った模様は何か」という問題だった。私もあの甘さが全開のコーヒーが時々無性に飲みたくなるから、その答えを知っていた。

「……」

ただその答えを言っても誰も褒めてくれなかった。クイズ番組は一人で見て答えても、元からクイズに縁のある人でもなければ、あまり楽しくないのかもしれない。きっと誰かと一緒に見ているときに競い合って、ああでもないこうでもないと言って答え合うと楽しいものなのだろう。今一人になって、初めてそんなことに気づいてしまった。

「何か、あったかな……」

そこにマックスコーヒーがないことは分かっていたけど、冷蔵庫の中を探った。ビールはある。それにワインだって、シャンパンだってある。

でも今はそれらを飲む気にはなれなかった。

蛇口をひねってコップに水道水をなみなみ注ぐ。それから喉にこみ上げてきたものを無理やり流し込むかのように一気に飲み干した。

カルキ臭が口の中に広がって、それからなんだか泣きたくなった。

「花代……」

こんなことで、現実の家のことを思い出してしまった。

「透《とおる》……」

会いたい。

「秀平《しゅうへい》……」

会いたい。

「将太朗《しょうたろう》……」

会いたい。

「友之《ともゆき》……」

——家族に会いたい。

息子たちに会いたい。

妻の花代に会いたい。

今度はその気持ちでいっぱいになった。

こんな風に思い出してしまったから、もう元の世界に戻るタイミングが近づいているのかもしれない。

ただ、それと同時に思ったことが一つだけあった。

「花代は……」

私と出会わなかった花代は、一体どんな人生を歩んでいるのだろうか——。

◇

過去の世界での時間を嫌になるくらい過ごしたにもかかわらず、こうしてまだこの世界に体が留《とど》まっているのは、花代のことが気がかりで仕方なかったからだろう。私の思いは元の世界へと戻ってしまうくらいにはまだ膨らんでいなかったのだ。

気づけば私は電車に乗っていた。

向かうは船橋駅。現実では花代はそこの駅地下のスーパーでパートをしていた。このもう一つの選択肢の過去の世界でも同じ状況にいるか分からないが、それくらいしか手がかりはなかったのだ。

——しかし、そううまくいくわけがなかった。店員さんに直接、花代という人がいるか尋ねてみたが、訝《いぶか》しげな顔をされた後にそんな人はここにはいません、と言われて終わってしまった。何か隠している様子もなく、ただ単に突然訪れて奇妙なことを尋ねてきた私を怪しんでいるようだった。

手がかりはゼロのまま、あたりをうろつく。こんなことをしても大して意味がないのは分かっている。この世界で花代を見つけられる可能性なんて限りなく低い。

というか心の奥底では、見つからないままでも良いのではないかと思い始めていた。

というのも、怖かったのだ。

もしも花代がもう一つの選択肢の世界の中で、現実よりも幸せに過ごしていたらどうしようと内心では震えていた。

私の中には半ば贖罪《しょくざい》のような気持ちもあったのかもしれない。

私だけが好き勝手なことを考えて、馬鹿みたいな妄想をかなえるためにここにきてしまった。

だからこそここで私が受け入れたくないような真実があったとしても、ちゃんとそのことを受けとめなければいけないと思っていた。

「あぁ……」

でも、そんな私の思いをあざ笑うかのように空からは大粒の雨が降り出してきた。

傘なんて持っていない。あたりのひとたちも急に降り始めた雨に驚いているようで、コンビニに駆け込んで傘を買っていた。

私はそのまま歩いた。

馬鹿な頭を反省させるのにはちょうどいいくらいだと思ったのだ。

けどこうやって雨に濡《ぬ》れるのなんていつぶりだろうか。

それこそ学生時代くらい前に戻ってしまう気がする。

「……」

目の前の信号が点滅し始めても走り出さなくなったのはいつからだろうか……。

贔屓《ひいき》のプロ野球チームの主力選手たちが、自分より年下になったのはいつからだろうか……。

未来に希望を抱かなくなって、自分の人生に諦めばかり抱くようになったのはいつからだろうか……。

「違う……」

でも、今は花代を見つけるのを諦めるわけにはいかない。

それだけは確かだった。

このまま元の世界に戻るわけにはいかない。

花代と、もう一度この世界でも出会わなければ――。

「えっ……」

その時だった。

また駅前のバスロータリーまで戻ってきた瞬間、ある姿を見つけた。

私の体はすぐには動かなかった。

というのも確証が持てなかったからだ。

「はな、よ……?」

出会った頃のままのようなすらっとした姿の花代がいた。

それにとても小ぎれいな格好をして高級そうな傘をさしている。どこぞの婦人と呼ばれるのにふさわしい姿だった。そして側《そば》には背の高い、バリッとしたスーツを着た男がいる。ワックスで髪もしっかりと固めていて、その身なりの良さから、明らかに私よりも男として優っていた。正直言って月とスッポンレベル。もちろん私がスッポンだ。

そして空に輝く月のようにスマートな男の半歩後ろを、そっと花代が歩いていた。

「花代……」

思わず後を追った。追うしかなかった。今はスッポンのようについていくしかなかったのだ。

二人は駅前の東武の中に入っていこうとしていた。そして入り口の前に着くと差していた傘を畳む。ただ男の方は適当に傘の水を切っただけで、袋もつけないまま店内に入ろうとした。私は何かそれだけで胸の奥にモヤっとしたものが湧いた。

それは花代も同じだったようだ。私の距離からその声は聞こえないが、何か花代が男に向かって声をかける。ただそこからの男の行動は想定外のものだった――。

「なっ……」

男が、乱暴に傘を花代に押し付けたのだ。

花代は何か声を荒らげたりはしない。というか一つも言い返したりしなかった。ただ、花代は寂しそうな顔をしていた。それから静かに、丁寧に傘の水を切っていた。

男の方はというと、ありがたがる気持ちもさらさらないようで、やるならとっとと終わらせろと苛立《いらだ》った様子を見せていた。

――だが、その光景に一番苛立っていたのは他でもない私だ。

あんな寂しそうな顔をした花代を、見たことがなかった。

そんな顔をさせたのは隣にいる今の夫らしき男だ。

しかも今のようなことが日常的に起こっているとも思わせる男の態度と花代の反応が、どうすることもできないくらい痛々しかった。

何がきっかけで、どんな経緯があって、花代がこの男と一緒にいるのかは分からない。

それでも、今の私はこの男のことを許せそうになかった――。

「……何か？」

男からそう言われた。私は、男の目の前に立っていたのだ。相手は私のことを威圧的に見下ろし続けている。私より十センチくらいは身長が上だろう。ジムで鍛えているのかもしれない、体型もがっしりとしていた。

だが、ここで目を逸《そ》らしはしない。

「……この女性を悲しませるようなことをするな」

「……花代、誰だこいつ？　知ってる奴《やつ》か？」

男は私の言葉を無視して、花代に向かって尋ねる。でも花代だって今の私のことは分からない。私と花代の出会いは結婚相談所だ。だから花代は不安そうに首を横に振るだけだった。私はそんな花代の顔を見るのも初めてだった。

「……急に現れて一体なんなんだ、あんた」

「別になんだっていいだろう、通りすがりでもあんたの態度を許せなかっただけだ」

「……なんであんたに、うちの家庭の事情に入ってこられなきゃいけないんだ」

「とにかくその態度は、愛する妻に向けるものではないと言ってるんだ！」

「……いい加減、うざいな」

そこで男が傘を花代に押し付けたように、いや、それよりも大分強い力で私のことを押した。一瞬よろけてしまったが倒れないように思わず男の腕を摑《つか》む。

しかし、そこで私が触れたのが男の気に障ったみたいだ。

「触るな！」

男は私の手を振り払って、そのまま思いっきり私の体を押す。

今度は自分の体を支えきることなんてできずにそのまま後ろに倒れ込んでしまった。

運悪くその先は、出来たばかりの水たまりだった。

「うぅっ……」

びしょびしょのずぶ濡れだ……。

男はそれでも追撃の手を緩めない。

「……あんたみたいな頭のおかしいやつにいきなり絡まれてスーツが汚れたじゃないか、クリーニング代を請求されないだけありがたく思えよ」

私の襟首をつかんで吐き捨てるようにそう言った後、男は私めがけて水たまりを蹴った。

「うぷっ」

水しぶきを私はモロに食らってしまう。

男は溜飲《りゅういん》を下げたようでその場を去っていった。

残されたのは水たまりの中に中年の男一人。

雨の中を傘もささずに歩いていたので最初からびしょ濡れだったけど、今はそれ以上にひどい有様だ……。

「ははっ……」

ただそこで出てきたのは悔しさとか悲しさの混じった叫びでもなく、諦めにも似た笑いだった。自分がどうしようもなく情けなかったからだ。

腰が抜けてしまっていた。水たまりからすぐに出られないのはそれが理由だった。下半身はびしょ濡れのまま感覚がない。腰と一緒に全身の力が抜けてしまったかのようだ。

周りの人たちの視線が痛い。

私の側を遠巻きに歩いていく。

花代の前でみっともない姿を見せてしまった。

でもう側にはいないはずだから、このままずぶ濡れでもいいのだろう。

いつまでも過去を引きずって、中身が変わらない中年男にはおあつらえ向きの最後だった。

どうしようもない結末を迎えていた。

最初こそ浮かれる時もあったけれど、結局、こんな過去に戻ってくるべきではなかったんだな……。

――でも、そんなことを思った時だった。

「……大丈夫ですか？」

「えっ……」

顔を上げると、そこには花代がいた。

傘を差したまま、私のことを心配そうに見つめている。

まさか、まだ側にいてくれたなんて……。

「だ、大丈夫、です……」

私も思わず敬語で返してしまう。今は夫婦でも何でもなく他人に違いないのだ。

それに本当に別人のような姿にそう返さざるを得なかった。見た目も何もかも違って、喋《しゃべ》り方まで別人のように感じる。

ただ、まだ笑った顔を見ていない。

それが一番の違いだった。

花代はよく笑う人だった。口を大きく開けてガハハと笑うから、思わず私もつられて笑うことがあったのだ。

――花代は今、幸せなのだろうか。

そのことがどうしても気になる。現実よりも裕福な暮らしをしているのは間違いない。でも私のただのお節介かもしれないけど、本当に花代にとって幸せなのかは分からなかった。

今は子どももいないようだ。

現実では私との間に四人もの息子に恵まれていた。

――透、秀平、将太朗、友之。

あの子たちが一緒にいる時は怒ることもたくさんあったけど、笑うこともそれ以上にたくさんあったはずだ。

だから私は、思わず尋ねてしまった。

「……あなたは今、幸せですか？」

脈絡もなく、そう訊《き》いた。

どうしてもその答えが知りたかったから。

すると花代は、少しだけ迷った様子を見せてからこう言った。

「……ええ、幸せですよ」

でも花代がそう言った瞬間、あることに気づいた。

花代が、鼻をぴくっとひくつかせたのだ。

それは、長年の夫婦生活の中で私が知った花代の癖のようなものだった。

花代が鼻をぴくっとひくつかせてなにか言った時は、間違いなく嘘《うそ》をついている時だったのだ。

つまり、花代は今、嘘をついている。

幸せではないということだ。

それに今の表情を見れば、そんな癖のことを知らなくても当たり前に分かることだった。

ただ、今のこのどうしようもなくみっともない姿の私にできることなんて、何一つないけれど……。

「……びしょ濡れになってしまいましたね」

何も答えない私に向かって、花代はそう言って傘を差し出してきた。

これ以上濡れないようにしてくれたのだ。

でもそれでは、花代の方が濡れてしまう。

「……大丈夫です、ひとりぼっちじゃなければ雨に濡れるのも悪くないものですから」

私が精一杯強がってそう答えると、花代は目を丸くさせてから、私のことを見つめた。

そして何を思ったのか、おもむろに傘を閉じる。

屋根もなく、雨が降りしきる外でだ。

「ちょ、ちょっと、あなたまで濡れてしまいますよ！」

私がそう言っても花代は何も気にしていないようだった。

そして私を見つめて、こう言った。

「……なぜか分からないけれど、あなたを見ていると懐かしくなります」

「懐かしく……」

雨の音が、頭の中に響く。

まるでドアをノックするように、ポツンポツン、と。

私の記憶の中をゆっくりと掘り起こしているようだった。

思えば、私のプロポーズの言葉は――。

『私と一緒に、雨に濡れてはくれませんか？』だった。

なぜそう言ったのかというと、結婚とはそういうものだと思ったから。

一緒に幸せになるだけじゃなくて、一緒に不幸になってもその障害を乗り越えられる人と共に人生を歩みたいと思った。

花代となら、どんな時でも一生一緒にいられると思ったから――。

「花代さん……」

「えっ……」

急に名前を呼ばれて花代はとてもびっくりした顔をしていた。

こんな大切なことを、今の今まで忘れていた馬鹿な私を許してほしい。

今度はその顔を、すぐに笑顔にしてみせるから。

私は、花代の瞳をまっすぐに見つめて言った。

「私と一緒に、雨に濡れてはくれませんか――」

◇

——ガタンゴトンッ、ガタンゴトンッ。プシューッ……。

田中が再び目を覚ますと、ちょうどまたあのまほろし駅にたどり着いていた。

電車のドアが開いてから田中がホームに降りると、さっきの駅員が傍にやって来る。

「田中さん、おかえりなさい。人生の分岐点に戻る過去への旅は如何《いかが》でしたか？」

駅員はわずかに微笑みを浮かべて、そう質問した。

田中はその言葉に何の恰好《かっこう》もつけずに、率直に答える。

「……色んなことに気付かされました」

「……どんなことですか？」

確かめるようにそう言った駅員に、田中はまた素直に答える。

本当に、今の正直な答えだったのだ。

「……自分の小ささと、見た目だけ歳を重ねていつまでも成長していない心の中の未熟さです。それに今、こんなにも大切な人が傍にいるのだということを改めて知りました。こんなにもたくさんの大切なものに囲まれていたのに、いつの間にか気づけなくなっていたなんて……」

今更になって家族の大切さに気づいた。ずっと六人でいた家の中と、一人で過ごす家の中はまったくの別物だった。一人の時間があれだけ欲しいと思っていたくせに、もう一人では耐え切れないような体になっていたのだ。

そしてまた花代と出会い、その温かさに触れて心の底から元の世界に戻ってきたいと思った。だからあのもう一度プロポーズをした瞬間、田中はまほろし駅へと戻ってくることになったのだ。

そんな田中に向かって、駅員はある言葉を投げかけた。

「過去のもう手に入らないものの数を数えるよりも、今目の前にある大切なものの数を数えてはどうですか？」

「目の前にある大切なものの数……」

確かに見落としてしまっていたのかもしれない。

勝手に遠くを見つめていた。

見えもしないものを探していた。

届きもしないものに、手を伸ばそうとしていた。

大切なものは、こんなにも傍にあったのに……。

そして駅員は最後に、田中に質問をした。

「――あなたは今、幸せですか？」

○

「ただいまー！」

田中は家に帰るなり大きな声でそう言った。既にまた食卓は戦場のようになっていたので「おかえり」の声は案の定返ってこなかったけど、そんなことはどうでも良かった。

「これうめー！」

「それ俺の！」

「僕にもちょーだい！」

「うぇーん！」

「あんたも早く食べな！　洗い物一緒にしちゃうから！」

いつも通りの花代の声が飛んでくる。

でも今はそんな声がとても懐かしく聞こえて、田中は思わず泣きそうになった。

「み、水飲んでからにする！」

いきなり泣き顔を見せる訳にはいかない。心配されるどころかきっと呆《あき》れられるのが関の山だ。花代にとっては何気ないいつも通りの一日なのだから。

「ぷはぁっ。あぁ、水が美味い、美味いなあ……」

田中がコップ一杯の水を飲んでからそう言うと、花代が訝しげな顔を向けた。確かに水一杯をこんなにありがたがって飲むのはおかしかったかもしれない。でも今は田中も本当にそう思ってしまったのだから仕方なかった。

「やれやれなんだかおかしな人ね！」

そう言って花代が席を立って田中の晩飯を準備しようとする。

しかしそこで思わぬ音が居間に響いた。

ぶっ、とおならの音がしたのだ。

「ぎゃーはっはっ！」

「お母さんおなら！」

「ぷー！　ぶーふっふ！」

「ママぷー」

花代が席を立った瞬間のタイミングの良いおならに子どもたちは大爆笑だ。

いつもなら田中もその光景に呆れてしまったかもしれないけど、今は子どもたちと一緒になって笑ってしまう。

「ヘイＳｉｒｉ！　おならをやめて！」

透が花代の尻に向かってふざけてそう言うと、笑いがもう一段階どっと起きた。

「バカ言ってんじゃないよ透！　早くご飯食べちゃいな！」

田中はそんなやりとりを見てなんだか涙がでてきてしまう。

笑いすぎたのか、それとも……。

「泣くほど笑ってんじゃないよ！　とっとと食べな！」

花代から怒られてしまったので、田中は慌ててご飯を食べることにする。

でもすぐに涙は止まらない。

気を抜くとまたさっきのことを思い出して笑ってしまいそうだ。

「……あぁ、家の飯が一番美味いや」

「褒めたって刺身もビールも出やしないからね！」

今はそんな言葉でも、いつも通りの花代の言葉が嬉しい。

みんなで食べる家のご飯はとても美味《おい》しかった。

「……花代、いつもありがとな」

「なんだいいきなり気味悪いよ！」

「……花代、ごめんな」

「なんだいいきなり悪さでもしたのかい！」

——これから色々、花代と話したいことがあった。

あのまほろし駅で起きたことをうまく話せる気はしないし、話したところで信じてもらえる訳もないだろうけど、久しぶりに昔話にでも花を咲かせたいと思った。

私と花代の出会いのこととか、これから先の未来のこととか——。

そして田中は、花代だけに聞こえるようにそっと質問をした。

「……花代は今、幸せかい？」

「ちっとも幸せじゃないよ！　貧乏暇なしのてんてこまいだよ！」

花代が鼻をぴくっとひくつかせて、そう答えた——。

第二話

もしあの時、第一志望の大学に合格していたら

森野奈央子《もりのなおこ》は大学生活を楽しめていなかった。

というのも今通っているのが第一志望の大学ではなく、滑り止めのために受験した大学だったからだ。もちろん元々行きたくない大学だったからといって、その大学自体がつまらない訳ではないのはわかっている。ただ自分自身が楽しむ気持ちになれなかったのだ。勉強をするにもなんだか集中できないし、サークルに入る気にもなれない。バイトだって最初の頃はおしゃれなカフェとか活気のある居酒屋で働こうと考えていたけど、結局適当に大学近くのコンビニを選んでしまった。

「いらっしゃいませー……」

第一志望のバイトではないからといって、うだうだと沈んだ気持ちのまま接客をしてはいけないのも分かっている。

ただ今は、ハキハキと明るくいられないような理由があった。

大学受験失敗から一年が経ってようやく気持ちに整理がついてきた頃、とてつもなくショッキングなことが起こった。

今年の春、妹の由衣《ゆい》が奈央子の第一志望の大学に合格したのだ——。

信じられない出来事だった。最初にその一報を聞いたとき、思わず奈央子は固まってしまった。「おめでとう」と言わなければいけなかったのに言えなかった。「よかったね」とだけ言って、その日は用事もないのに、夜ご飯は友達と食べてくるからいらないと母に嘘をついて家を出た。妹のお祝いの食事の場にどうやっても笑顔でいられそうになかったからだ。

自分への当てつけだと思った。

由衣がその大学を第一志望だと言っていたのは奈央子も以前に耳にしたことがあったけど、それでもやっぱり理解できなかった。

由衣は昔からよくできる子だった。勉強もスポーツも小さい頃から奈央子よりそつなくこなした。まだ小さい頃はそんなに気にならなかったけど、思春期を過ぎて高校生になった頃から、そんな妹がいることに劣等感を持ってしまうこともあった。

だからこそ、大学受験に奈央子は賭けていた。

人はたかが大学受験と思うかもしれないが、それが何か姉としての存在を証明するためのものになっていたのだ。

だからこそ頑張った。奈央子なりに精一杯頑張ったつもりだった。

でも落ちてしまった。浪人をする選択肢はなかった。

それこそ一年経って妹と同じ学年になって、自分だけがまた大学受験に失敗するなんてことがあれば、もう二度と立ち直れない気がしたからだ……。

「おい、ファミチキ一つって言ってるだろ!」

お客さんに声をぶつけられて現実に戻ってきた気がした。

「あっ、すみませ……」

「早くしてくれよ!」

憤った客の声が続く。こんなことは前にもあった。その時も考え事をしていて、仕事に身が入っていないと先輩から怒られたのだ。

「おい、こっちは急いでるんだよ!」

「あっいや、あの……」

でもこの時ばかりは、奈央子のミスというわけではなかった。

そんなこともつゆ知らず、客は耳を貸さないまま声を荒らげる。

「もういいよ、トロい奴だな! そんなんじゃ社会でやっていけねえからな!」

「…………」

客が最後に吐き捨てるように言って去って行った。

なんだか奈央子は泣きたくなった。

「……もうやだ」

だってここはセブン-イレブンだ。

ファミチキなんてもともと置いていない。

あまりにもひどい理不尽に当てられた。こんな理不尽がまかり通る社会なら確かに自分はやっていけないと思ってしまう。そもそも第一志望の大学よりも偏差値が低いところに入ってしまったから、社会に入る前に就職活動でも苦戦することになりそうだとそんなことまで考えてしまった。

「はぁ……」

また大学受験に失敗したことを気にしている自分にため息をつく。

もうこんな風に考えたくない。

いつまでこんな気持ちが頭の中に、ずっとつきまとい続けるのだろうか。肩と背中に取り憑《つ》いたもやの消し方を知りたかった。

昨日、また由衣とも喧嘩《けんか》してしまった。

また、というのは最近は些細なことで何度も喧嘩をしているからだ。奈央子が受験から落ちて、それから由衣が合格してからは明らかに関係性が悪くなっていた。

やっぱり奈央子の落ちた第一志望の大学に由衣が合格して行ったことが、当てつけではないのだろうけど当てつけのように思えてしまった。由衣が大学に入ってから同じサークルの恰好いい彼氏を作ったのも自分への嫌味に感じてしまっていた。

だから喧嘩といっても、腹いせに奈央子の方が勝手に不機嫌になっていることがほとんどだった。

嫌だ。

なんでもかんでも大学受験に落ちたせいにしている自分が嫌だと、奈央子も本当は思っていた。だって中学生よりも前の頃はどこへ行くにも一緒だったし、仲良し姉妹ともよく言われていたのだ。今や、そんな影は微塵《みじん》もなくなっていた。

色んな気持ちを振り払いたくてバイト帰りには、駅前のファミリーマートに寄った。

ダイエット中だったけどやけくそ気分でファミチキを買った。

空には綺麗な満月が浮かんでいたけど、目もくれずにファミチキにかぶりつく。

花より団子。

月よりファミチキだ。

久しぶりに食べたファミチキは美味しかった。美味しかったけど、またなんだか泣きそうになった。

それでも何とか涙はぐっとこらえて、ホームに入って来た電車の座席に座った。

今日は座れただけでもマシだと思いたい。この時間帯の総武線の電車は少し時間がずれただけでも混み具合が大分変わる。ただ正直バイトを大学の近くにしたのは失敗だと思っていた。普通に家の最寄りの津田沼《つだぬま》駅の近くにすればよかったのだ。授業がないのにわざわざ都内まで出てバイトに行くなんて、時間をかなり無駄にしている気がする。こんなことすらもちゃんと考えていなかった。たくさんのことをやり直したい気持ちが湧いてきてしまう。

でもやり直すとするなら――。

やっぱり奈央子の頭の中に浮かんできたのは、あれだけもう考えないようにしようとしていた大学受験のことだった。

こんなにもずっと受験のことを引きずっている人間なんているのだろうか。

それだけ大事なことだったのかもしれない。

そして心に少しずつ整理がつき始めた時に、妹の受験合格によって痣《あざ》のようにじわじわと滲《にじ》んで浮かび上がってきてしまったのだ。

後悔はまだ消えそうにない。

頭の中をよぎっている。

いや、頭の中にこびりついている。

何度も考えてしまう。

もしも、あの時第一志望の大学に合格していたらどうなっていただろうか――。

――ダダダンッ。――ダダダンッ。

橋に差し掛かって、走行音がリズミカルなものに変わった。電車は平井駅を過ぎて新小岩駅へと向かっている。そしてこの並んで流れる荒川と中川の光景を見るたびに奈央子は思い出すことがあった。

『時をかける少女』だ。

奈央子は細田守監督が監督したアニメーション版の『時をかける少女』が大好きだった。主人公の高校生の女の子、真琴。そして同級生の二人の男の子、千昭と功介。時をかける少女はその三人を中心に描かれた青春映画だ。何度も観《み》たその映画の中に、真琴と千昭がこの河川敷を並んで歩くシーンがあった。それ以来この場所が好きになって。だからこそ大学は必ず東京にしようと決めたのもあった。そしたら毎日電車に乗って、この光景を見ることができるのだから。

思えば映画の中でも真琴は、ひょんなことからタイムリープをして過去をやり直せる能力を手にしていた。奈央子だってできることならタイムリープがしたい。

それなら過去に戻ってやっぱりあの受験をやり直すのに、そして夢に描いたようなキャンパスライフを過ごせたはずなのに……。

――その時、ふわっと浮き上がるような不思議な感覚があった。

「えっ……」

次の瞬間、目の前にはさっきまでとは全く別物の光景が広がっている。

青い薄暗闇の世界。

満月だけがぽっかりと空に浮かんでいる。

その中に、電車に乗った奈央子一人だけがいた。

「なんなの、これ……」

奈央子は訳が分からないまま、ただ周りを見渡してうろたえることしかできなかった。さっきまで確かに総武線の電車に乗っていたはずなのに……。

ゆっくりと走り続けていた電車が、ようやく柔らかな明かりの灯った駅の前で止まった。

看板には『まほろし』と書かれている。

それ以外には何もなかった。

「どこ、ここ……」

奈央子にはやっぱり訳が分からない。

時をかける少女の映画の中でも、こんな展開はなかったから。

○

「まほろし駅へようこそ」

奈央子の目の前に現れた、五月の駅員と名乗った男がそう言った。年齢は奈央子よりもだいぶ上だ。でも今はそんな年齢のことなんかよりも訳の分からないことが山積みだった。

「あの、一体何なんですかここは……、どうして私がここに……」

奈央子が尋ねると、駅員は咳払《せきばら》いを一つしてからその言葉に答えた。

「あなたがこのまほろし駅を訪れることになったのには理由がいくつかあります。その中でも一番大きな理由は……」

駅員は指を一本立てて言った。

「あなたが過去に戻ってどうしてもやり直したいと思うくらいの強い後悔を抱えていたからです」

「過去に戻ってどうしてもやり直したいと思うくらいの強い後悔……」

そう言われて奈央子には思い当たる節しかなかった。

さっきまで、いやずっと前から大学受験をやり直したいと、その時の後悔を考え続けていたからだ。

「ええ、他にもいくつかの理由が重なって、あなたはこのまほろし駅を訪れることになりました。そしてここでは、過去の分岐点へと戻れる機会が与えられます」

「過去の分岐点へと戻れる……？」

矢継ぎ早に訳の分からないことばかりを投げかけられている気分だった。まだここにたどり着いたことも信じられていないのに、また過去の分岐点へと戻れるなんていわれても……。

まだ目の前の出来事を受け入れられそうにない。受け入れられる訳がない、ただ、そんな動揺を見てとったのか、駅員は何かくだけた会話をするように奈央子のリュックについたあるものを指差した。

「……それ、可愛いですね」

「あ、ありがとうございます」

そこにあったのは小さなくまのぬいぐるみのストラップだ。裁縫なんて滅多にしない母が、大学の合格祈願代わりにとフェルトで手作りしてくれたものだった。その効果こそ発揮してくれなかったけど、今はもうお守りのようにもなっていて、奈央子は大切にして肌身離さずつけている。今もそのフェルトのぬいぐるみに触れると、こんなありえない事態でも心が安らぐ気がした。

「……あの、あなたが五月の駅員ということは、他の月にも色んな駅員さんがいるんですか」

お守りのクマのぬいぐるみに触れたのが奏功したのだろうか。奈央子は自分から質問をするくらいには落ち着きを見せ始めていた。

「ええっとまあ、そうみたいです」

「みたい……」

完璧な確証はないみたいだ。そのことがやや気にはかかったが、そのまま駅員は言葉を続ける。

「電車は色々な人が乗り降りするものだから、色々な人がここの駅員をやっているんですよ」

「なるほど……」

分かったような、分からないような……。乗客と駅員はまた別ものののような気がするけど……。

ただ訂正を奈央子がいれられなかったのは、目の前の駅員がちゃんと上手いことを言えたかどうか、ハラハラとした不安そうな顔を見せていたからだ。だからこそ何か冷静なツッコミを入れるのは憚《はばか》られた。

代わりにまた質問をする。

「……さっき言っていた、過去の分岐点に戻れるという話について教えてもらってもいいですか」

まだ何かを信じ始めたわけではないけど、その言葉が気になっていた。

そして駅員はコクリと頷いてから、説明を始める。

「人生には必ず分岐点というものがあります。重大な選択を迫られる時だったり、または何か運命のようなものによって翻弄される時のことだったりもしますが、そんな人生の分岐点に、このまほろし駅から出発する電車に乗って戻ることができるんです」

「そんなことが……」

過去の分岐点へと戻れると聞いた時、奈央子が頭の中で想像したものと一致していた。そしてさっきまで思い浮かべていた時をかける少女のタイムリープとも似ていた。その言葉通りなら、過去へと戻ってやり直すことができる。

まだ目の前のことを信じる気にはなれていなかったけど、その言葉を聞いた瞬間に、すべてを信じたくなった。

というよりも縋《すが》りたかったのかもしれない。

なぜなら奈央子には、どうしてもやり直したい過去があったから——。

「……そんなことが本当にもしもできるのなら、私は大学受験のあの時に戻りたいです！」

それしかなかった。

それしかありえなかった。

あの日の出来事は紛れもなく奈央子にとっての人生の分岐点だったのだ。

「大学受験ですか。確かに受験とは人生を左右するものでもありますよね。受験戦争なんて言葉もありますし、社会に出る前の大事な土台作りになる人も多いわけですから」

駅員はうんうんとうなずいてから言った。

奈央子は食い気味に言葉を続ける。

「大学受験をもう一度やり直せるんですよね？　そしたらまた第一志望の大学に行くことも可能ですよね？　それなら夢に描いていたようなキャンパスライフを思う存分過ごすこともできます！　そしたら私のこれからの人生が変わる気がするんで

す！」

　奈央子がまっすぐに前を向いてそう言った時、駅員が、「あっ」と間の抜けた声を漏らした。

　奈央子にはそんな言葉が出てきた意味が分からない。

「あ、あの……、説明をひとつするのを忘れていましたが……」

　駅員が言いにくそうに言葉を続ける。

「過去の分岐点に戻っても何か今の現実が変わるわけではないんです。ただその後に別の選択肢の人生を歩んでいたら、どうなっていたかを知ることができるだけで……」

「えっ」

　全くの想定外だった。

　だとしたら途端に過去に戻る意味がなくなってしまう……。

「すみません、不慣れなもので……、本当に申し訳ない……」

　駅員は謝罪をしたが、今の不手際のことだけだった。過去に戻っても何も変えられないという事実はそのままだった。

「過去の分岐点に戻っても、別の選択肢の人生を歩んでいたらどうなっていたかを知るだけ……」

奈央子はその言葉を反芻《はんすう》して考える。

過去に戻っても現実は何も変わらないのなら、そんなの意味がないのではないだろうか……。

ただ、いい加減このやりきれない気持ちに踏ん切りをつけなければいけないのは分かっている。頭の中のもやを振り払いたかった。

それならこれが良い機会になるだろうか……。

でも、もしかしたら今以上に深い絶望を味わう可能性もあった。

摑み取ることができなかった幸せな未来を見ることで、拭えない後悔が増えるだけなのでは……。

そんな時、駅員がポツリと言った。

「……えっとまあ、とりあえずお試しするのもいいかもしれませんよ」

今度は上手いことを言えたかどうか心配した顔なんてしていない。

思いつきのようだけど、奈央子のことをちゃんと思って言った言葉のようだった。

きっと、このまま機会を逃してしまうと、また違う後悔が増えるのではないか、と——。

「お試し、か……」

単純な言葉に奈央子は納得もしていた。

とりあえずいいのかもしれない。自分が選ぶことのできなかった選択肢を見ることで後悔が強まる可能性はあるけれど、どちらにせよこれで踏ん切りをつけたかった。どんな答えが待っていても、今日で後悔するのは終りにしたいと思ったのだ。

それにこんな不思議な場所にたどり着いたことに何か意味があるとするのなら、その機会を無駄にしてしまうのはもったいないと純粋に思っていた。

ここには招かれるべくして、招かれたのだろうから。

「……分かりました、そしたらとりあえずお試しで、自分の過去の分岐点に戻ってみたいと思います」

「そうですか！　それは良かったです……」

ほっと胸を撫で下ろした音が聞こえてきそうなくらいに、安堵して駅員が言った。

「それでは、もう一度電車の中へどうぞ」

駅員に促されて、奈央子は車両の中へ入る。

そして駅員は、奈央子の目の前に立って最後の説明を始めた。

「……では、これから戻りたいと思っている人生の過去の分岐点を思い出して、その瞬間に戻りたいと強く願ってください。電車が走り出してトンネルを抜けた後、そこは過去の分岐点に通じているはずです。そしてその過去の世界であなたが元の世界に戻りたいと思った時、またここへと戻ってくるでしょう。時間に関しては安心してください。どれだけの時間を過去で過ごしたとしても、元の総武線の電車に戻った時には時間は全く経っていないことになっていますから」

「分かりました。ありがとうございます」

「それでは、いってらっしゃい」

柔らかな笑みを浮かべてから、駅員は電車を降りていく。

「……」

奈央子はなんだか今になってまた緊張していた。

こんな映画の主人公のような体験をする時が来るなんて、思ってもみなかったのだ。

——そうだ、こんな時は。

奈央子は、リュックサックのくまのぬいぐるみにそっと触れる。すると途端に心が落ち着いた。本当にこのぬいぐるみは、奈央子にとってのお守り代わりになっていたのだ。

「よしっ……」
そして奈央子は、誰もいない車両の端っこの席に座ったまま目を瞑って強く願った。
――大学受験の合格発表の日に戻りたい。
そしてあの日、第一志望の大学に合格していたらどうなっていたのか――。
電車が動き出した。
目を瞑ったままでもそのことが分かる。
それから走行音が、ごうっと包まれるような音に変わった。
トンネルの中に入ったのだ。
電車が進む、進む。
突き進む――。
――ガタンゴトンッ。
――ガタンゴトンッ。
まぶたを閉じていても、真っ暗闇の中に眩い光が差しこんでくるのが分かった。

――トンネルを抜ける。

真っ白な光が、車内を包み込む――。

◇

気がつくと人だかりに囲まれていた。

いや、囲まれていたのは私ではなく、合格した受験番号の数字が並ぶ掲示板の方だった。

この状況についていくことができない。

ただ隣から声が聞こえて、ようやく追いつくことができた気がした。

「……お姉ちゃん、どうだった？」

隣には心配そうな顔をした妹の由衣がいる。私が通っていた高校と同じ制服を着ていた。いや、私の方も制服姿だった。

――そう、ここはあの大学受験の合格発表の日だったのだ。

本当に、本当に過去へと戻ってきてしまったみたいだ。

信じられなかった。でも信じるしかなかった。こうして今実際に体験してしまったのだ。憧れのキャンパスの地面に足をついて、高校の制服を着て、隣には由衣がいる。

ここは紛れもなく、約一年と三ヶ月前のあの日だった——。

私はここで妹と一緒に合格発表を見に来たのだ。今時珍しい掲示板の発表ではあるが、伝統ある大学だということを示している気がして好ましかった。最初はここにも一人で来るつもりだったけど、お母さんが由衣も一緒に行ってあげてと言ったのだ。もしかしたらお母さんは私が不合格になる可能性を考えていたのかもしれない。それで一人になったときの帰り道を心配したのだ。その予想は的中していた。

この世界では違うのかもしれないけれど……。

あの駅員さんは、別の選択肢を選んでいたらどうなっているかを知ることができると言った。だからこそこの世界では、私が大学受験に合格していたらどうなっていたかを知ることができるはずだ。たとえ試験の瞬間に戻ったとしても、試験内容をほぼ覚えているから合格できるはずに違いない。だからこそ今この掲示板には、あの日にはなかった私の受験番号があるはずで……。

「今、見てみるね……」

妹にそう告げてから悲喜こもごもの人だかりの中を掻《か》き分けて、自分の受験番号を探す。

0824……、0824……。

この数字は、今でも受験票を見なくたって覚えていた。

私にとっての特別な番号。そしてあれだけ見たいと思ったのに、もう今では二度と見たくないと思っていた番号でもあった。

「ふぅ……」

心臓の鼓動が聞こえる。やり直したはずだけど、この感覚に慣れる時なんて一生来ない気がする。周りにたくさん人がいるのに一切の音が聞こえなくなって、この場にいるのが私一人だけのように感じた。

0801……、0806……、0813……、0819……。

「あった……」

――0824

その数字を見つけた。

その瞬間だった。

「お姉ちゃん、おめでとう……っ！」

隣にいた由衣が、飛びついて抱きしめてきた。

由衣は泣いていた。私よりも先に、瞬間的に涙が出てしまったみたいだ、

「おめでとう……！　良かった、本当に良かった……！」

由衣は本当に心から喜んでいた。でも私はまだ喜びも泣きもしなかった。正直言って驚きの方が勝っていた。本当に私が第一志望の大学に合格していた未来が見られるなんて……。

「お祝いで美味しいもの食べに行こう！　お寿司《すし》でも焼肉でも！　合格祝いに帰りに好きなもの食べてきなさいってお母さんが言ってお小遣いくれたんだ。でも夜ご飯もお祝いだから食べすぎないようにって！　ねえ、何食べに行こうか、お姉ちゃん！」

知らなかった。お母さんは、合格発表の後にそのままお祝いをしてくれるつもりで妹を一緒についてこさせたんだ。あの日は、ただそのままとんぼ返りで家に戻ることになってしまったけれど……。

「由衣……」

私の中でふつふつと感情が湧いていた。現状に気持ちが追いついてきたのかもしれない。

現実ではないと知りながらも、ただ由衣が喜んでくれている姿を見て私も嬉しくなってしまったのだ。

「ありがとう……」

その言葉は、自然と口から出てきていた。

◇

「バスケサークルです！　新歓来てねー！」

「ボードゲームサークル男女両方歓迎でーす！」

「テニスサークルです！　ラケット別に持ってなくてもいいよー！」

新しい大学生活が始まったと一番実感したのは、新入生を歓迎するサークルのビラ配りの道を通った時だった。ここを新入生が通ると、四方八方からチラシが飛んできて渡される。実際に私が行った大学でもこんな光景が広がっていたのだろうか。

私はその場所に行こうともしなかったからよくわからなかった。でも今は新しいキャンパスライフの始まりを象徴する光景に胸が高鳴っていた。

そして私は、数あるサークルの中で、映画制作サークルの新入生歓迎会に行くことを決めた――。

「新入生の皆さん、ようこそ今日は映画制作サークル『キネマズ』の新入生歓迎会に来てくれて嬉しい限りです！　大いに飲んで交流を深めてください！　あっ未成年はジュースで乾杯ね。それではグラスを持って……、かんぱーい！」

サークル長の音頭があってから、グラスとグラスを鳴らし合う。なんだかこんなことで、今すごい大学生っぽいことをしてるなあと思ってしまった。それくらいに現実ではほとんど飲み会もしたことがなかったのだ。ましてやこんな男女や、歳が違う人も入り混じっているような環境で……。

「飲み物、何飲んでるの？」

ほんの少しだけ空気に怖《お》じ気《け》付いてしまっていたところで声をかけられた。

隣にいた男の子だった。モノトーンカラーの服を着こなし、センターパートの髪型がよく似合っている。この席にいるということは、同じ一年の新入生だ。

「……あ、オレンジジュースです」

「そうなんだ、俺はレッドアイ」

「えっ？」

レッドアイというのはさっきメニューを見たときにも書いてあったけど、ビールとトマトジュースを割ったカクテルだった。つまりアルコールを飲んでいるみたいだけど……。

「……いいの？」

「いいんだよ、レッドアイのビール抜きにしてもらったから」

「えっ？」

またさっきと似たような言葉が出てきてしまった。それではただの……。

「……トマトジュース？」

「そう、正解」

そう言って小さく笑ってから、彼はトマトジュースをひと口飲んだ。

「こういう頼み方を映画の中でミスタービーンがしててさ、一度真似《まね》してみたかったんだ」

やっぱり映画制作サークルの新歓に来ているだけあって映画が好きみたいだ。私はそのミスタービーンのことは知らなかったけど、そのままお互いに映画の話を始める。

「映画、よく観るの？」

「そんなにたくさんじゃないけど、時々くらいかな」

「そうなんだ、俺はかなり観てるよ、あまりにも観過ぎて最近は今までになかった方向にも手を出しているけど」

「……それってもしかしてB級映画とか？」

「えっ、なんでわかったの？　凄《すご》い！」

「もしかしたらそうじゃないかなあって、私もそういう訳の分からないサメとか出てくる映画結構好きだから」

「マジか！　それは奇遇すぎる、びっくりだよ！」

彼はそのことが本当に嬉しかったようで、そのまま一気に残りのトマトジュース、いやレッドアイのビール抜きを飲み干してしまった。

「俺、経済学部の隆也《たかや》って言うからよろしく」

改めて彼は自己紹介をした。

「私は、奈央子。よろしくね」

彼が名前だけを言ったので、私も名前だけを言った。思えば高校までは相手を名字で呼ぶことが多いのに、大学になってからは名前で呼ぶことが多くなる気がする。その理由は今でもよく分からないけれど。

それからも私たちの映画談義は続き、そして映画以外の話もたくさんした。二人だけで盛り上がってんなよ、なんて茶化しも先輩達から声がかかったりして、またそれが大学生っぽいな、なんて思ったりした。その後は他の学部の女の子とか、男の先輩とも話をした。

そうやって楽しい時間はあっという間に過ぎていった。

――それからそこで出会った隆也君と一緒に映画を観に行くことになったのは、二週間後の日曜日のことだった。

ちょうどその日がサメが出てくるとあるB級映画の公開日だった。単館上映の小さな映画館。そんな雰囲気も彼の好みに合っていたのかもしれない。私はこういうタイプの映画館に来るのは初めてだった。

「……ツッコミどころ満載だったね」

映画を見終わって劇場から出たときに、私は開口一番そう言った。

「まさにB級映画って感じで最高だったね」

私の反応とはどちらかと言うと違って、隆也君はその点について純粋に楽しんでいるようだった。確かにB級映画というものはそういうものなのかもしれない。ツッコミどころに突っ込むのが楽しみ方の一つで、誰かと一緒に観ると楽しさが増すものでもあるのだろう。

「次はどこに行こうか」

隆也君が暗くなった空を見つめて言った。

時刻は午後六時、少しだけ早い夕食を食べるのにもちょうど良い時間だった。

「……とんこつラーメンとか、食べに行かない？」

「えっ俺もとんこつラーメン大好き！　奈央子ちゃんとは本当に気が合うなあ」

隆也君はそう言って嬉しそうに笑ってから、近くのとんこつラーメン屋さんを検索し始めた。選んだお店は博多とんこつラーメン。二人ともバリカタにして食べて、それから隆也君は替え玉を頼んでいた。本当は私も頼みたかったけど、この場では遠慮することにした。きっと妹と来ていたら替え玉を最低でも二回していただろう。

「ラーメンを食べた後ってさ、なんかコーヒーが飲みたくなるよね」

「分かる、私も絶対そうだもん。本当に私たち気が合うね」

今度は隆也君の提案に乗った。そして免許取り立ての彼の車に乗って、幕張のサービスエリアでコーヒーを飲んだ。隆也君は少し酸味のあるモカコーヒーを飲んで、私はカフェラテを飲んだ。

「今日はありがとう、奈央子ちゃんと過ごせて本当に楽しかった」

隆也君が津田沼にある私の家の前まで送ってくれて、別れ際にそう言った。

「私も楽しかった……」

そう言って次の言葉を続けようとした時、隆也君が不意に顔を近づけてこようとした。

「ちょ、ちょっと！」

「……ごめん、びっくりさせちゃったね」

隆也君は小さく笑って一瞬の間があった後、「……じゃあ、また」と言ってその場から去っていった。

突然のことに思わず身を避けてしまった。

実際にファーストキスもまだだった。今したら、とんこつラーメンか、コーヒーの香りでもしただろうか。そんなことを考えてはみたけど、この時は、大学生っぽいことしてるなあ、なんてことは思わず、ただただ驚いていた。目まぐるしく変化していく世界についていけていない自分がいた。

そして心のどこかで妹のことを気にしてしまっている自分がいた。

家の中に入ると、玄関までお母さんがやってきた。こんな夜更かしをして帰ってくるのも珍しいから心配していたみたいだけど、私のぼけーっとしたような顔を見て、怒る気も失せ《う》たようだ。これから遅くなる時は連絡しなさい、とだけ言われた。

「お姉ちゃん、おかえり」

ちょうどお風呂場から出てきたパジャマ姿の由衣と廊下で会った。手には単語帳を持っている。浴室に何か本を持ち込むのが妹の習慣だった。

「ただいま、由衣」

現実と違って、由衣との関係は良好だ。それも当たり前で、今は衝突するような火種が一つも見当たらなかったからだ。

「勉強は捗《はかど》ってる？」

「うん、今日は結構集中できた方かな」

由衣が自信ありげな声で答えた。私と違って要領が良いから、きっと受験もマイペースで悠々とこなすのだろう。失敗という二文字が由衣には似合わない気がした。

「単語とか暗記系は寝る前にやって、起きてからすぐにさっとだけでも復習するといいんだよ。睡眠って記憶に大きく関わっているし、頭の中を整理してくれるみたいだから」

「そうなんだ、さすがお姉ちゃん」

急に上から目線でアドバイスしてしまった。健気に頑張る妹のために思わず言った訳でないのは自分でも分かっている。何かほんの少し優越感に浸ってしまったのかもしれない。言った後でバツが悪くなった。

「今日はどこに行ってたの？」

会話が止まったところで由衣の方が気を遣ったのか、私に質問をした。

私はその言葉になんて答えようか迷った。

まっすぐに答えていいのか、それとも……。

「……映画館とか」

「映画！　いいなあ」

由衣が羨ましそうに言った。

その後の続きは私には言えなかった。

罪悪感のような、後ろめたさのようなものが私の背後に付きまとっていた。

今はうまく妹と目を合わせられない。

とんこつラーメンの匂いはしていないだろうか。

コーヒーの香りはしていないだろうか。

「……勉強、頑張って」

最後にそれだけ言って私は廊下から歩き出した。

「分かった、ありがとうお姉ちゃん」

健気な妹の声が、やけに胸の奥に響く気がした。

◇

それでも今は、何事にも積極的になっている自分がいた。

勉強も前向きに取り組んでいたし、バイトも幕張のイオンモールの中にあるお洒《しゃ》落《れ》なハワイアンのカフェで始めていた。一番の変化は髪色かもしれない。ずっと真っ黒だった髪の毛を栗《くり》色の茶髪にした。染めた日は思わず何度も鏡の前で見返してしまった。お母さんには、黒髪の方が似合ってるわよ、と言われたけど私がこうしたかったからこれでいいのだ。

同じ学部の友達と九十九里浜に旅行にも行った。海の夕日を背景にタイミングよくみんなで飛び跳ねた写真を撮った。私は今までにこんな写真を撮ったことはなかった。前の友達と一緒に散歩をした時に撮った花の写真とか、野良猫とか変わった雲の形の写真くらいしかなかった。このみんなで撮った写真には私のSNS史上一番たくさんのいいねがついた。だからきっとこっちの写真の方が良いはずだ。いいねが沢山つくんだから、絶対そうだ。

そして何よりも変化として大きかったのは、妹との関係がうまくいっていたことだ。

何も問題なく過ごせているし、現実では遠のいてしまった二人でのお出かけに今日はやって来ていた。

それくらい私たちの関係は順風満帆に進んでいたのだ。

「あっこれもいいなあ」

二人で来たのは幕張のアウトレットだ。

由衣が明るいベージュのワンピースを手に取ってそう言った。

「うん、由衣に似合うと思うよ」

「そうかなあ、買っちゃおうかなあ……」

「買っちゃいなよ。大学って毎日私服だから今からこれを着ていこうって、受験へのモチベーション上げるのにもいいだろうし」

「さすがお姉ちゃん。決めた！」

私の言葉が鶴の一声になって決まったようだ。にこっと笑ってレジへ向かう姿がとても微笑ましい。

「へへー、買っちゃったー」

そしてさっきより満面の笑みになって私のもとに戻ってくる。そんな顔を見て私も思わず笑ってしまった。

買い物を終えた後は、そのまま二人で並んで歩いて幕張海浜公園に行った。五月になって桜は散ってしまっているけど、沿道にはいくつかの白いハナミズキが咲いている。私たちの家がある津田沼駅の近くにもたくさんのハナミズキが咲いていた。桜の後に咲くこの花が私は好きだった。主役のようには咲き誇らなくても、健気に通りを彩るその姿をとても美しいと思った。

それから今度は、この公園の主役とも言える花時計の前に来た。大きな時計の周りに四季折々の花が植えられていて、今はマリーゴールドの花が色鮮やかに咲いている。

「お姉ちゃん、写真撮ろう！」

「うん」

「はい、チーズ！」

　二人で並んでスマホのインカメで写真を撮る。この写真はＳＮＳにはあげないし、あげたとしても前の友達と撮った写真よりもいいねはつかないと思うけど、私はこの写真を大切に保存しておこうと思った。

　こうしていると、色んなことを思い出す気がした。

　この公園にも前に一緒に家族で来たことがある。似たような季節だった。私と由衣はまだ小学生だった。シロツメクサを集めて、それで花の冠を作ってお互いに被《かぶ》せあって笑っていた。

　前は中学校の時も一緒に幕張のアウトレットに来ていた。あの時、由衣は白のワンピースを手に取って「良いなあ……」と言っていたけど、その頃はまだ財布に余裕がなくて買うことができなかった。それでも楽しかったのを覚えている。帰りに二人で食べたヨーグルトのアイスクリームの味は、今でも思い出せるくらいに美味しかった。

　仲良しの姉妹だった。

　その仲が明確に崩れ始めたのは、私が高校二年生になって、妹が同じ高校に入ってきてからのことだった。その頃からなんとなく妹との違いがはっきり目に見え始めたのだ。同級生の男子が「お前の妹可愛《かわい》いな」とか言ってきたり、テストの成績でも妹はクラスの中でも上位で、私たち姉妹二人のことを知る先生からそれをからかわれることもあった。私がギリギリの点数で入った高校に、妹は悠々と推薦で入ったから仕方ないのかもしれない。でもその頃から少しずつ会話は減っていったと思う。

それでもまだこの現象に、思春期という名前をつけてやり過ごすこともできたけど、それすらもできなくなってしまったのは私が受験期に入った時のことだった。

私は担任の先生がとても渋い顔を見せるような偏差値の高い大学を志望した。何か妹を見返したいという気持ちがあった。どうしても妹よりも良い大学に行きたいと思ったのだ。

だからその頃は常にピリピリとしていた。その嫌な感情が妹にも伝染したのかもしれない。なぜか妹も高校での成績を落としていた。感情に左右されやすいところがあるのだろうか。でも私に自分以外の相手の心配をしている余裕なんてなかった。

そんな時に母がくれたのは、あのフェルトで手作りしたくまのぬいぐるみだった。

私は母がぬいぐるみを作っている姿は一度も見たことがなかった。驚かすためにこっそりと作っていたようだ。確かにそのぬいぐるみには、どこかで買ってきたものではない手作りの想いが込められている気がした。

――ただその効果がちゃんと発揮されることはなかった。

私は受験に落ちてしまったのだ。

そこからは大きな段差の階段を転がり落ちるように、私と妹の関係も崩壊していった。傷心中の私にとどめを刺したのは妹の受験合格だった。関係は最悪になって、今のこのもう一つの世界の状況とはかけ離れたものになっている。

でも、こんな未来もあったのだ。

色んなことに気づかされていた。

現実でもこんな関係性で居られたらいいのにって思った。

妹のことが最初から嫌だったわけじゃない。

ただ今は、妹を見ると自分のことが嫌になってしまうのだ。

体の奥からもやっとした黒い気持ちが出てきて、口にする言葉にも棘《とげ》がついてしまう気がする。

だから避けた。

色んなことを思い出したくなくて、妹を視界の中に入れないようにした。でも結局、何の解決にもなっていなくて……。

「お姉ちゃん、最近楽しそうだよね」

　妹の声で現実に引き戻される気がした。考え事とは裏腹に表情だけは柔らかかったのかもしれない。だけど私としては意外な言葉でもあったので「そうかな?」と曖昧に答えた。

「うん、大学合格してから本当に楽しそうだよ。受験の時は大変そうだったけど、やっぱり大学って楽しいところなんだね」

　受験の時は大変そうと言ったのは、あのピリピリとした雰囲気のことを言っているのだろう。妹としても側にいて大変だったはずなのに、私を気遣ってそう言ってくれているようだった。

「実は私もお姉ちゃんと一緒の大学行きたいんだ。少し前から国際的な環境問題に興味持ち始めていてさ、それを専門にしている先生がお姉ちゃんの大学にいるって分かったんだよね。調べてみるとゼミに入る倍率も高かったりするから、実際にそれをやれるか分からないんだけど、できるだけ挑戦してみたいなって。だからお姉ちゃんが今の大学を目指すって聞いた時びっくりしたんだよ」

「そうだったんだ……」

そんなことを聞くのは初耳だった。私があの大学を受験する前から妹も同じ大学を受験することに決めていたのだ。

だとしたら当てつけだと思っていたのは、完全に的外れだった。

やっぱり私だけが、勝手に妹のことを妬んでいたのだろうか……。

罪悪感が、ふつふつと湧いてくる。

いや、それどころかヘリウムガスを入れ込んだ風船のように、胸の中で急に膨らんだ気がした。

——私は、妹に言わなければいけないことがある。

それは現実の世界で今まで妹に対してとった酷《ひど》い態度のことだけではない。

一見平和に見えるこの世界の中でも私は、由衣のことを傷つけてしまっていたのだ——。

「由衣……」

「どうしたの？　お姉ちゃん」

急に名前を呼んだ私に驚いたようだ。

でもそれから次に私のとった行動を見て、由衣がさらに驚いた顔を見せた。

「……これ、あげる」

「えっ？」

私がバッグから取り出したのは、あのフェルトのくまのぬいぐるみだ。

せめてもの罪滅ぼしのつもりだった。だからこそ私の大切なものを渡そうと思った。

「でも……」

「いいから、きっと由衣のことも合格させてくれるはずだから」

戸惑う由衣をよそに、半ば強引に押し付けて渡すと、ようやく由衣も納得したようだった。

「……分かった、ありがとう」

そう言って、由衣がにこっと笑った。

私はその時、うまく笑えていたかどうか分からない。

○

家に帰ってきてから晩御飯を食べて、先に妹がお風呂に入って、それから私もお風呂に入った。なんだか少しのぼせてしまった気がする。いつもよりも浸《つ》かっている時間が長かった。きっと色んな考え事が頭の中にあったからだろう。現実での妹との関係性のこととか、この世界で私の身に起きていることとか、様々な出来事が頭の中を巡っていた。

まだ私の体が、まほろし駅に戻る気配はない。それはきっとこの胸の中にあるもやもやが関係しているのだろう。どれだけ長い時間湯船に浸かってみても、勢いよくシャワーをかけてみても消え去ることはないものだった。

お風呂を上がってから、部屋着に着替えて一度台所へ行く。喉の渇きを潤すために冷蔵庫にあった麦茶をコップ一杯飲んだ。リビングにはまだお母さんがいて、テレビをつけたまま眠ってしまっているようだった。

「お母さん、次お風呂の番だよ」

「……ああ、そう、分かったわ」

まだ寝ぼけているのか分からないけど気のない返事があった。

でもそれからすぐに何かを思い出したように、私に向かって質問をした。

「あのくまのぬいぐるみ、奈央子が由衣にあげたの？」

意外な言葉だった。そんなところまですぐにお母さんが気づくなんて思わなかった。母親の勘というものだろうか。

「……うん、由衣の受験もうまくいくようにって」

もう毛先の方しか染まっていない髪に指を通してから答えた。

「そっかあ、そういうことならいいのかなあ。……でもそれって効果あるのかしら」

お母さんの言っていることが私にはよく分からなかった。そういうことならいいとか、それって効果があるのかどうかとか、いまいち言葉が結びつかない。

「……どういうこと？　だってお母さんが作ったぬいぐるみなんだから、私がつけたって由衣がつけたって効果はあるに決まってるでしょ」

私がそう言ってもお母さんは「うーん」と言って渋い顔をした。

その表情の意味も私にはよく分からない。

そしてお母さんは一瞬の間があってから「まあもう受験も終わったし話してもいいのかな……」と小さく呟いた後に言葉を続けた。

でもその言葉は、私にとって全く予期していなかったものだった――。

「あのくまのぬいぐるみのストラップ作ったの、私じゃなくて由衣なのよ」

「えっ？」

あのフェルトのくまのぬいぐるみは、お母さんが私の大学受験合格のために作ってくれたもののはずだった。

お母さんの言っている言葉の意味が分からない。

だって、それならなんでそんな嘘をついたのだろうか。

あの時、お母さんは私に言った。

お母さんが、作ったものだって。

由衣が作ったものなんて、そんなこと一言も言わなかった。

「……お母さん、あのくまのぬいぐるみくれた時に言ったじゃない、お母さんが作ったものだって」

「お母さんにあんなもの作れないわよ。裁縫とかそういうの苦手なの奈央子もよく知ってるでしょ」

「それは、そうだけど……」

確かに実際にお母さんがあのフェルトのくまのぬいぐるみを作っている姿を見てはいない。

だとしたら、やっぱりそうなのだろうか……。

でもなんでそんなことにしておいたのか、理由が私には分からない。

「なんで、そんなことを由衣は……」

私の言葉に、お母さんはまっすぐに答えてくれた。

「そういうことにしておいてって言われたのよ」

「そういうことにしておいてって……」

「ほら、奈央子が受験近かった時、ちょっと喧嘩することも多かったでしょ、だからあの子自分からって言ったら角が立つと思って……」

「……」

「お姉ちゃんのために、お母さんからってことにしておいて、私の気持ちはちゃんとここに込めておくから、って由衣が言ったのよ。あの子も私に似て不器用だから、そのぬいぐるみ作るのにだいぶ苦労したみたいよ。ちょっとでもほつれているところがあったら縁起が悪いからって、何度も何度も最初からやり直して、おかげでその時学校の成績まで少し下がったみたいなんだから」

「そんな……」

知らなかった。

でもその事実を知らされて、全て結びついてしまった気がした。

確かにあのフェルトのくまのぬいぐるみを渡された時は、由衣の成績が下がった時だった。そして私との関係がうまくいってなかった時だった。何か感情に左右されていたものだと思ったけど、全然違ったみたいだ。

由衣も、私の顔なんてもう見たくないんだって思っていた。

私だけが勘違いをしていた。

でも、私が仕向けていたんだ。

私の方から、由衣を拒絶していたんだから——。

「由衣が、不器用なんて知らなかった……」

私は、そんなことも知らなかった。

何でも要領よくできる妹だと思っていたのに。

「不器用だから一年生の頃から第一志望の大学に入るために毎日コツコツ受験の勉強もしているんでしょ、今日もまた家に帰ってきてからすぐに勉強していたし、お風呂上がりもまた寝る前まで勉強するって言ってたから」

「そんな……」

私は、本当に何も知らなかったのかもしれない。

ずっと隣で、由衣が生まれてきた時から傍にいたのに何も分かっていなかった。

分かろうとしていなかった。

「由衣……」

お母さんの話を聞いた後、自然と私の足は妹の部屋に向いていた。

私は、どうしても由衣に言わなければいけないことがあった。

部屋の前まで来るとドアは半分くらい開いていて、妹が机に向き合っている姿が見える。

机の上の読み込まれた教科書、たくさん付箋のついた参考書、埋め尽くされたノート、もう小さくなったかけらのような消しゴム……。

本当に、実際は妹の方がもっとずっと努力をしていた。

ただ私よりもちゃんと勉強していたのだ。

私は三年生になってから人並みに一生懸命やっただけで、今の妹には到底かなわなかった。

自分が愚かだった。

本当に何も知らなかったんだ。

勉強のことも。

お守り代わりのぬいぐるみのことも。

たった一人の妹のことも——。

「ごめん……、由衣………」

「お姉ちゃん？」

突然謝り始めた私に、由衣は訳も分からず驚いていた。

それでも私はこの世界でしてしまったひどいことを謝らなければいけない。

私が、妹への当てつけのようにとっていた最低な行動を——。

「……ごめん、私、大学で映画制作のサークルに入っちゃったんだ」

「……それがどうかしたの？　いいと思うよ、私だって入りたいもん」

妹の部屋の棚には映画のＤＶＤがたくさん並んでいる。

「……それに、本当はＢ級映画なんて好きじゃない」

「知ってるよ、だってＢ級映画が好きなのは私の方だもん。お姉ちゃんが好きなのは『時をかける少女』でしょ。私は『サマーウォーズ』も好きだけどね」

棚に並んでいるＤＶＤの多くは、サメが出てくるようなＢ級映画だった。

「……それにとんこつラーメンよりも、味噌《みそ》ラーメンの方が好き」

「うん、それも知ってる。とんこつラーメンのバリカタが好きなのは私の方だから。お姉ちゃん、一体急にさっきから何を言ってるの？」

確かに、こうやって今言われても由衣からしたら訳が分からないだろう。

まだ分かる訳がなかった。

でも、それが私がこの世界でしてきたことだった。

――私がこの世界で辿《たど》ったのは、本来だったら妹がするべき大学生活だったのだ。

映画制作のサークルに入るほど映画に詳しいわけではなかった。

Ｂ級映画よりももっと純粋に楽しめるエンタメ映画の方が好きだった。

とんこつラーメンよりも味噌ラーメンが好きだった。

ハワイアンのカフェで働き始めたのに、酸味のあるハワイアンコーヒーは苦手で、ミルクを入れたカフェラテが好きだった。

そして、あのサークルで仲良くなった隆也君は――、

――今の由衣の彼氏だった。

色んなことが奇遇だって、気が合っているように見せたのも全部わざとだった。

当たり前のことだった。私は現実世界でそれとなく隆也君の話を聞いていて、その趣味や好きなものもある程度知っていたのだから。

だから罪悪感を覚えた。

後ろめたさがあった。

実際、あの日映画を観に行った時以来、彼には会っていない。

そんなの何の償いにもならないけれど、それ以上は決して踏み込んではいけない気がした。

私には分からない。

妹の成り代わりのように過ごして大学生活を送って何がしたかったのだろうか。

——ただの当てつけじゃないか。

私こそが当てつけで妹の真似をした大学生活を送っていた。

でもその先で知ったのは、ただただ妹は健気に純粋にまっすぐに、私のことを思ってくれていたという事実だった。

それだけでも私は涙がどうしようもなくこぼれ落ちてきて情けなくなる。

私は、この世界でも現実の世界でも妹のことを傷つけてしまったのだ——。

「ごめん、由衣、ごめん、こんな私が、お姉ちゃんで……」

「どうしたの、お姉ちゃん……」

涙まで流し始めた私に、由衣は戸惑っていた。

「全然知らなかった……。由衣……」

「……なんのこと？　お姉ちゃん」

「ごめん、ごめんね……」

「いいの、大丈夫、もう大丈夫……」

由衣は何も分かっていないはずなのに、突然泣きじゃくり始めた情けない姉のことを抱きしめてくれた。

由衣に久々に触れた気がした。

小さな手のひらがそっと私の背中を包み込む。

由衣のぬくもりがじわっと伝わってくる。

でも、温かくて柔らかいもののはずなのに、ほんの少しの痛さを今は感じてしまった。

○

「私は、何も分かっていませんでした……」

元のまほろし駅に戻って来た後で、奈央子はそう言った。

目の前にはさっきの駅員。

薄暗闇の中でも奈央子の頬には涙の跡があるのが分かる。

「本当にバカだ……」

漏らすように言葉を続けた後に、バッグにつけていたものに触れた。

フェルトのくまのぬいぐるみ。

ずっと、ここについていたお守り。

妹が作ってくれた、大切なプレゼント――。

「妹の真似ばかりして、本当にダメな姉で……」

そこでずっと黙って話を聞いていた駅員が言葉を返した。

「……バカだとかダメだとかそんなことはありませんよ、姉といってもたった一年の違いじゃないですか、それに姉妹や兄弟はそうやって背伸びして切磋琢磨《せっさたくま》して、お互いに成長していくものではないでしょうか」

奈央子は駅員の言葉を素直に聞いた。

確かに、その通りだとも思う。

けど今は、その言葉をまっすぐに受け止めることはできなかった。

「私は、由衣に酷いことをしちゃったんです……」

奈央子は、今にも消え入りそうなか細い声のまま言葉を続けた。

「この過去の分岐点の世界だけではなく、現実の世界でも傷つけたんです……。前まであれだけずっと仲良しだったのに、きつい態度を取ったりして由衣を何度も悲しませました……。本当は大学受験なんかじゃなくて、過去でやり直さなければいけないことはもっとあったはずなのに……。それなのにまた私は自分のことだけを考えていて、由衣はこんなにも私のことを想ってくれていたのに……」

そう言って奈央子は、薄暗闇のホームを見つめた。

後悔の混じった表情は、今は消えそうにない。

もうどうやっても過去は、変えられないのだから——。

「まだ間に合いますよ」

ただ、駅員はまっすぐに奈央子を見つめたまま言った。

「えっ」

奈央子にはその言葉の意味が分からない。

もう間に合うなんて思えない。

それとももしかしてもう一度過去に戻って、今度は何か現実さえも変えることができるのだろうか……。

でも違った。

駅員は柔らかな声で、奈央子に向かって言った。

「大学受験に落ちてしまったことも、妹さんとの間に起きてしまった過去も、もう変えることはできませんが、それでも妹さんとの関係性は今からでもあなた次第で変えられるはずですから」

「関係性は変えられる……」

奈央子は、その言葉を心の中で反芻する。

「今からでも……」

そしてその言葉が、奈央子の胸の奥にストンと落ちた気がした。

確かに妹と自分の間の関係性は一度は壊れてしまった。

でもそれを過去に戻って、関係性が壊れないようにしなければいけない訳ではなかった。

なぜなら実際に過去になんて戻れない。

それに、この関係性だけなら、もう一度今からでもやり直せるはずだ。

そして奈央子は、もう一度やり直そうとしなければいけなかった。

「由衣と……」

――奈央子自身も、心の中ではそう思っていたはずだ。

あのタイミングで元の世界に戻ってくることになったのは、奈央子自身もう一度由衣とちゃんと会って話したいと思ったからに違いなかった――。

「……ありがとうございます、駅員さん」

奈央子にそう言われてから駅員は、はにかんで笑って言葉を返した。

「ようやく少しはうまいこと言えた気がします」

奈央子もその言葉を聞いて、久しぶりに思い出したかのように小さく笑った。

○

まほろし駅から元の総武線の車両に戻ってくると、ほどなくして電車は津田沼駅にたどり着いた。駅前のロータリーには一台の白い車が止まっている。運転席の窓から顔を出したのは妹の由衣だった。母親から言われて迎えに来てくれたみたいだ。まだ免許取り立てなので、車にはぴかぴかの初心者マークがついている。

「……これ、あげる」

奈央子が差し出したのは、目の前のロッテリアで買ったいちごミルク風味のシェーキだ。

由衣がこの味を好んで飲んでいたのを奈央子は知っていた。

「ありがとう、いいの？」

「うん、迎えに来てくれたんだし」

先に「ありがとう」と言われてしまった。その言葉はちゃんと私から言わなければいけないと奈央子は思っていた。ただそう思いながらも、奈央子は最初に「ごめん」と謝罪の言葉を口にした。

「えっ、どうしたのお姉ちゃん？」

由衣は、過去の分岐点の世界にいた時と同じような反応をした。

確かにこんなに急に謝られても訳が分からないに違いない。

奈央子にとっても謝りたいことがたくさんあった。

「私が受験の時につらく当たったこととか……、由衣が合格してからもそのことを気にして上手く話せなかったこととか……」

「……そのことかあ。いいんだよ、もう。……私だって無神経なところがあったと思うし」

それは奈央子が落ちてしまった大学に由衣だけが受かったことを言っているのだろう。

ただその理由も今の奈央子は知っている。そして実際は自分よりも由衣の方が先にその大学に行こうと決めていたのも知ったのだ。

色んなことで、由衣を苦しめていたのだろう。

やっぱり頭の中には山ほどのごめんねが浮かぶ。

でも今はその中で埋もれそうになってしまっている、たったひとつの言葉をちゃんと言わなければいけなかった。

「……ありがとう、由衣」

「お姉ちゃん……」

そんな言葉だけを急に言われてもすぐには意味が分からないだろうと、奈央子は二文字の言葉を付け足す。

「……くま、ありがとう」

「……お母さんから、聞いたの？」

奈央子は小さくこくりと頷く。この世界ではまだ聞いていないけど、後でどうにでもなると思った。

今はただその言葉を伝えたかった。

あのフェルトのくまのぬいぐるみに、何度も救われてきたのだから。

「このまま私が持っていてもいいかな？」

バッグについたくまのぬいぐるみに触れながら、奈央子が言った。

「えっもちろんだよ、だってお姉ちゃんにあげたんだもん」

「ありがとう、大切にする」

もう一度言った。この言葉は何度言ってもいいものなのかもしれない。

ありがとう、と口にするたびに自分自身の心の中も、なんだかほっと温かくなるような気がした。胸の奥底のもやっとしたものが、からっと晴れていくかのように。

そしてそこで由衣が、ふふっと笑ってから言った。

「恋愛成就の効果とかもあったら、返してもらってたかもしれないけどね」

「えっどうして、だって由衣には彼氏が……」

由衣には隆也君がいたはずだ。

奈央子も過去の世界で一緒に映画を観に行った、映画制作サークルの男子だ。

「相手の浮気が分かったの、だから即刻振ってやった」

「そ、そうだったんだ」

そこでタイミングよく由衣がアクセルを強く踏んだので驚いたが、あくまで偶然だろう。ただ由衣みたいなタイプは怒らせたら一番怖いタイプなのかもしれない。

「……確かになんかちょっとチャラいような雰囲気はあったよね」

奈央子は、あの過去の世界でのことを思い出しながら言った。あのたった一回のデートだけで、キスまでしてきそうになったし、やや軽薄なところはあったのかもしれない……。

「第一印象の誠実な感じに騙《だま》されたんだよ、悔しい、やけ飲みしてやるー！」

由衣が信号待ちで止まってからカップを手に取って、ストローから勢いよくシェーキを吸い込んだ。もうすっかり立ち直っているようにも見える。

そしてにっこりと笑って言った。

「……でも、今はなんだかこうやってお姉ちゃんとたくさん話せたのが嬉しい、すごい久しぶりな気がする」

信号が青に変わって、車が再び走り始める。

由衣は進行方向を見つめる。

奈央子は由衣を見つめる。

由衣は気づかない。

――由衣の横顔を、こんなにちゃんと見たのはいつぶりだろうか。

今は大学一年生になった妹が隣にいる。

高校を卒業して、大学生になって、免許を取って、運転をしている由衣。

これからもっと大人になっていく。

奈央子も一年先を進んで大人になる。

ただ今は、昔のように一緒に笑って多くの時間を過ごしたいと思った。

あの頃の関係性に戻りたいと、心の底から思っていたから――。

「私も嬉しいよ、色々話したいことがたくさんあるの。だからさ、ちょっと寄りたいところがあるんだけど……」

奈央子は、由衣に向かって言った。

「寄りたいところ?」

車がもう一度、赤信号で止まる。

奈央子は続きの言葉を言った。

「……お母さんには夜ご飯はいらないからって言ってさ、このまま二人でバリカタのとんこつラーメン食べに行こう」

奈央子は言葉を続ける。

「それからおしゃれなカフェでハワイアンコーヒー飲んでさ、TSUTAYAでサメが出てくるB級映画借りて朝まで一緒に見ようよ」

由衣がにこっと笑って、次の分かれ道を家とは反対方向に曲がった。

第三話

もしもあの時、夢を追わなければ

「……俺は、夢なんて追わなければ良かったと後悔している」

真山大和《まやまやまと》は、まほろし駅から過去の分岐点に戻ることができると駅員から説明を受けてそう答えた。

真山の言葉に迷いはなかった。

ここ最近は、ずっと昔のことばかり考え続けていたから。

「あの千葉駅の高架下で歌っていた頃に戻りたい、俺にはそれくらいで充分だったんだ。それで地元で過ごしていればよかった。その方が今の人生よりも間違いなく幸せだったはずだから」

真山の断言するような口調に、思わず駅員は言葉を返す。

「今の人生よりも間違いなく幸せだったと、そう思うんですか……？」

若い女性の駅員の言葉はかすかに震えていた。その緊張が真山にも伝わってくる気がする。ただ不安は一切なかった。駅員の説明はとても丁寧で、それでいて誠意がこもっていたから。

「……ああ、そう思う」

真山は吐き出すように言って、言葉を続けた。

「……今の俺は、幸せとはかけ離れたところにいるから」

そう言って、真山は薄暗闇の空を仰ぎ見た。

満ちた月がひとつ、ぽっかりと浮かんでいるだけだった。

○

真山大和はミュージシャンだ。繊細で柔らかな声と詩的で儚《はかな》さを感じさせる歌詞に若者の多くが共感して、一躍人気アーティストとなった。今やCMのタイアップソングや、映画のテーマソングも手掛け、その名を世間に轟《とどろ》かせている。SNSでは真山大和の名前を見ない日がないと言ってもいいほどだった。

しかし最近、真山は疲れきっていた。

というのも、SNS上でとあるユーザーに感情的に反論したことがきっかけで炎上し、現在活動休止に追い込まれていたのだ。

活動休止は、多忙を極める真山にとっては久々の体を休める時間にもなった。ただその期間が、真山のリフレッシュ期間になった訳では決してない。自分自身が苦しむだけの時間だった。

SNS上ではいまだに真山の炎上騒動が話題の中心にあるし、言葉狩りのように過去の発言が取り沙汰されてもいた。実際、感情的に反論してしまったのも、最初に謂《いわ》れのない誹謗《ひぼう》中傷をされたからだった。言葉を選ばなければいけなかったのは真山も分かっている。ただ弁解する余地はないし、火に油を注ぐような結果になるのは目に見えていた。だから今は世間から身を隠し、ただただ自分と向き合う時間だけが増えていた。

そんな中で真山が思ったのは、今なぜ自分がこんな苦しみの中でもアーティスト活動を続けようとしているのだろうか、ということだった。

世間の冷たい目に晒《さら》され、自分の歌を一度も聴いたこともない連中から誹謗中傷を浴びる毎日。もちろん真山のことを支え続けてくれているファンがいるのも知っている。熱狂的なファンは、批判的な人間に対して声を上げてくれてもいた。多くの批判の中に応援の言葉があったのは確かだ。いや、それどころか実際応援の言葉の方が多かったのかもしれない。

ただそれでも、真山の目に入ってしまうのは批判の言葉ばかりだった。応援の言葉は温かくて柔らかいが、批判の言葉は冷たく鋭い。当然のように体の中に入って来るのは批判の言葉だ。ナイフのように体の奥深くに突き刺さってくるのだから。

そしてなぜか、数少ない批判の言葉の方が本音で語っているように思えた。純粋な悪意こそが、真実に見えてしまったのだ。

目の前の世界を曇らせて、濁らせて、真山の呼吸をさせづらくしているのはその言葉たちが原因だ。

時間が経つうちに騒動も一部の界隈《かいわい》だけが騒ぎ続けて、若干世間は落ち着きを見せ始めたようにも思えたが、批判の言葉が一つ残らずなくならない限り、真山は音楽活動を再開する気にはなれなかった。

そして半年が経って、あっという間に一年が経った――。

この頃になると創作意欲が湧くどころか、もう何もかもが嫌になっていた。

現在、二十九歳。

結婚もしていないし、今は恋人もいない。高校生の頃からずっと付き合っていた彼女の理子《りこ》ともデビュー前に別れていた。もう七年も前のことだ。

昔からの地元の友達はもう多くが結婚している。

子どもがいる同級生もいた。

幸せそうだった。

それに比べると自分は不幸の中にいるように感じた。

今は一人何も作らず、何もせず、家の中で日々を耐え凌ぐように過ごしている。

アーティストとして成功し始めた時こそ幸せだったかもしれない。

夢が叶《かな》った瞬間でもあったのかもしれない。

——でも、夢なんて叶わなくてよかったとも思う。

夢を一つ叶えたところでまた違う夢ができる。どこまでも際限はないのだ。もはや夢と呼ぶよりは欲だ。

そしてその欲を満たすには、この世界では永遠に悩んで苦しんで創作を続ける必要があるし、他者とも戦い続ける必要がある。上に行けば行くほど争いは激化するし、ライバルへの嫉妬心も消えることはない。心が休まる時なんてなかった。だってこの業界は移り変わりが恐ろしく早い特殊な社会なのだ。ＳＮＳが流行《はや》りだしてからその速度は加速し続けている気がする。

だからこそ真山はどうしても考えてしまう。


——もしもあの時、自分が夢を追わなければどうなっていただろうか。

もっと平凡で安定した人生にこそ幸せがあったのではないだろうか。

そんなことを地元の市原《いちはら》から都内へと戻る電車の中で考えていた。

電車は江戸川《えどがわ》を越えて東京へと入り、また次の荒川に差し掛かろうかという時だった。

そんな時、真山を乗せた電車はいつの間にかまほろし駅にたどり着いていた。

そして、六月の駅員と名乗る女性が目の前に現れたのだった――。

○

「……それでは、真山さんが戻るのは千葉駅の高架下でストリートライブをしていた頃で良いですか？」

駅員の言葉に、再び電車内の座席に座った真山はこくりと頷く。

「ああ、その時にちょっとした分岐点があって、やり直したいことがあるんだ。そうすれば夢を追わずに済むはずだから」

真山は既に、過去の分岐点の世界に戻っても何も現実を変えられないことは聞いていた。

それでも過去に戻りたいと思ったのだ。

自分にとって、他にどんな未来があったのか知りたかった。

夢を追わなければ、本当に百八十度変わった人生を歩んでいたことだろう。だからこそ興味があった。そして今真山自身、自分を取り巻く環境から逃げ出したかったのかもしれない。この世界からいなくなりたい気持ちがあった。それが空想のように作り出された過去の世界だったとしても、その中で過ごしたかった。一時でも夢のように、目の前の現実を忘れさせてくれるのならば——。

「分かりました、では私が電車を降りた後に、その頃に戻りたいと強く心の中で思ってください。そうすればトンネルを抜けた後に、戻りたいと願っていた過去にたどり着いているはずですから。何か他に質問はありますか？」

「……質問はないけど、まだ信じられないことばかりだよ」

そう言って小さく笑ってから真山は言葉を続けた。

「ただでさえ今も夢を見ているみたいなのに、これからまさか過去に戻れるなんてな」

「……そうですよね、私もそう思います。こんなまほろし駅なんて不思議な場所が存在すること自体私も知りませんでしたから」

「駅員さんもそうだったのか？」

「ええ、まあ私にとっては真山さんみたいな人が、ここを訪れたのが一番信じられないんですけど……」

その言葉も真山からしたら意外なものだった。

駅員は真山のことを知っていたのだ。

「まさかこんな不思議な駅の駅員さんにまで名前を知られているなんてな。光栄だ。悪名は無名に勝るってやつかな」

「悪名だなんて、そんな……」

真山にとっては自嘲してそう言ったつもりが、逆に駅員を困らせてしまったみたいだ。確かに反応に困る言葉を口走ってしまったかもしれないと反省する。

「……悪い、忘れてくれ。最近は良くないんだ、変なことばかり考えてしまうから」

真山がそう言うと、駅員は首を小さく横に振ってから言った。

「過去での世界で過ごす時間が、真山さんにとって良い気分転換になってもらえれば幸いです。きっと何かが変わるかもしれませんから」

「何かが変わる？　過去は何も変えられないんじゃなかったのか？」

「過去じゃなくても、きっと何かが変わるかもしれません」

駅員はまっすぐに真山を見つめていた。

その瞳には確かに何か固い意志のようなものが込められている。

「……分かった、まずは君の言う通りにしてみるよ」

真山のその言葉を合図に、駅員が電車から降りる。

「……それでは真山さん、よい旅を」

電車のドアが閉まった。

一人残された車両の中で、真山は強く願う。


——千葉駅の高架下で歌っていた、あの頃に戻りたい。


すると、電車が動き出した。

——ガタンゴトンッ。

——ガタンゴトンッ。

電車はトンネルを抜けて、真っ白な世界を突き進んでいく——。

◇

「いつまでも、こうしてー……」

気づけば俺は、ギター一本を手にして歌っていた。

そしてすぐにこの場所がどこか分かる。

千葉駅の高架下だ。

頭の中でずっと願っていた場所。

俺は再びあの当時の光景の中に居たのだ。

目の前にはメジャーデビューしてからも応援を続けてくれている、熱狂的なファンの女の子たちがいた。この頃からずっと俺のことを応援してくれていたのだ。その姿に気づいて驚くとともに、思わず懐かしくなってしまった。

――本当に、あの駅員の言う通りだったんだ。

過去の世界に戻ってくることができた。半信半疑だったけど、実際にこうして戻ってきたなら話は別だ。もう信じざるを得ない。だって、こんな風にストリートミュージシャンとして歌っていたのはデビューする前の時だけだった。俺は実際に、この過去の世界に戻ってきたみたいだ――。

「そんな風にー……」

歌い続けるまま、周りに目を向ける。小さな人だかり。本当にわずかな小さいものだ。最前列にいつもの女の子たちがいて、その後ろに少しずつ人が集まってきている。

今ではコンサート会場を満杯にしているし、それと比べるとお客さんは百分の一、いや千分の一にも満たない数だけど、久々に歌っていて気持ちよかった。というか歌うことすら久しぶりだったのだ。

――ああ、俺は本当は、ただ歌うことが好きだったんだな。

それがいつの間にか仕事としてしなければいけないものとか、夢を叶えようとする手段の一つになっていた。

そしてその夢が叶った。

叶えてしまったんだ。

それでその先にかけがえのない幸せがあると、勝手にあの頃の俺は思い込んでいた――。

「ありがとうございました……！」

歌い終わった時、その言葉は自然と口から出ていた。

その瞬間にわあっと、拍手が起きる。

「やばーい、最高」

「めっちゃ良かったあ！」

拍手の音に最前列の女の子たちの絶賛の声が重なる。ここで自分の曲を批判するような人は誰一人いない。数多くのファンはいないけど、それでも良かった。これくらいの距離感と人の数が俺にとっては一番心地良かったのかもしれない。

でも今日は、その運命が変わる分岐点の日でもあった——。

「君、ちょっといいかな？」

人の列を掻き分けてやってきたのは、サングラスをかけたいかにも業界人といった風体の男だった。

そして俺は、この後に何が起きるのかを知っている。

「メジャーデビューとか興味あったりする？　君ならすごくいい線いくと思うんだよね、もちろん私のプロデュース次第でもあるけど……」

男はその業界では誰もが知るようなメジャーなレーベルの名が載った名刺を渡してきた。当時の俺はその名刺を渡された瞬間に、子どものように目を輝かせた。とてつもないプラチナチケットを渡された気分になったのだ。

そして実際にこの瞬間は、俺がメジャーデビューを果たし、アーティストとして大成するきっかけとなったのだ。

「俺、いい線いきそうですか……」

「ああ、私の目に狂いがなければね」

男は小さく笑った。謙遜というよりは自信が溢《あふ》れたような笑いだった。その自信をこの名刺自体も纏《まと》っていた気がする。

――こういう時、俺は一度やってみたかったことがあった。

「きっと節穴だと思いますよ」

「なっ……」

そう言いながら俺は目の前でその名刺をビリビリと破いた。

「バカな……」

「ええ、バカなんです、俺はここで歌ってるくらいがちょうどいいから」

「……一生後悔するぞ、チャンスを与えてやったのに」

「チャンスがどうとか言うよりもまず先に、あなたは夜にサングラスをかけるのやめたほうがいいと思いますよ。かっこつけてるのか知らないけど、周りが見えなくて危ないでしょう」

「……ちっ」

最後に舌打ちをして男は去っていった。

ぞんざいに扱ったのには理由がある。実際にこの男にプロデュースをされてデビューしたのは確かだが、契約に関する理不尽な条項をいくつか結び付けられていて、稼いだ金のほとんどが俺には入らない仕組みになっていたのだ。でもまだそれだけなら許せた。金のことなんて後からどうにでもなったし、それくらいは有名になるための授業料だと思っていた。

一番許せなかったのは、デビュー直前に、理子と別れさせられたことだ。「君にとって女性ファン層は一番大事になってくるから、今の彼女とは別れるべきだ」と言い、それができなければデビューの件は白紙に戻して、これまでにかかったレッスン費用やその他諸々《もろもろ》の全てを請求するとも宣告されたのだ。その時の俺に選択肢はもうないようなものだった。ギリギリまで抗《あらが》いこそしたが、なぜかある日、唐突に理子の方から別れを切り出された。どうやらスカウトの男は理子に根回しをしていたようだった。君の存在が大切な彼氏の邪魔になる、という言葉を聞いて理子は俺のためにと自ら身を引いたのだ。

そして俺は様々な紆余《うよ》曲折を経て、メジャーデビューを果たすことになった。人気もあっという間に出た。彼女と別れさせたのも、もしかしたら詩的な儚さの歌詞を売りにした俺の良さを、より一層引き立てるためだったのかもしれない。だとしたら確かにある意味敏腕プロデューサーだ。ただ人としては決して褒められるものではなかったはずだ。

「……みんな、ちょっと邪魔が入ったけど、今日は聴いてくれてありがとう」

そのままお開きの体《てい》をとろうとしたが、そのタイミングで最前列に座っていた女の子から声がかかった。

「次来るのはいつですか？」

「次？」

確かに前は歌い終わった後に必ず次回の告知をしていた。フォロワーだってこの頃は全然いなかったけど、ＳＮＳでもそういう宣伝は欠かしていなかったのだ。

「……次はいつになるか分からないかな」

「えっ、なんで？」

戸惑いの声が飛んでくる。でも本当にいつになるか分からなかったのだ。

それこそ今日が最後になってもおかしくなかった。

「ごめん、また何かあったら告知するから」

「絶対ですよ、もう真山さんの曲がなければ生きていけないんで」

最前列に座っていた女の子がそう言って笑った。

その言葉が本当かどうかは分からないけど、嬉しくなっている自分がいた。勇気づけられたのも確かだ。

思えばこんな風に自分を支えてくれる人たちと、間近で接する機会なんて今はもうほとんどなかった。SNSではなく実際に面と向かって言われる言葉には、やっぱり想いがこもっている気がする。

「これで、よし……」

久々にストリートライブ後の帰り支度をしたけど、その動きは体に染みついていた。スムーズに作業を進めて、ギターケースを抱えたまま、キャリーバッグをひく。

こんなものを自分で背負って運ぶのも久しぶりだ。

これが夢の重さかと、柄にもないことを考えているうちに千葉駅の改札にたどり着いていた。

帰る先は市原の五井《ごい》だ。

そこで理子が俺の帰りを待ってくれている。

そして俺は彼女に会ったら、一番に話したいことがあった。

ここが偽りの世界であると知りながら、また新たな人生が始まった気がしていた。

◇

「結婚しよう」

家に帰るなり俺がそう言うと、理子は目を丸くさせた。

確かに突然のことだった。でも俺の中ではもう決めたことだった。あまりにも唐突だったから彼女には話を整理して、まずはミュージシャンとしての夢を諦めた話をした。歌うことは好きだけれど、歌うことを仕事にはしないと言ったのだ。

その言葉を告げると理子は、どちらかと言うとプロポーズの言葉よりも驚いていた気がしたけど、ほんの少し迷ったような顔をした後に、俺の真剣な目を見てからコクリと頷いてくれた。小さい頃からの付き合いだから、理子には俺の確固たる意思が伝わったんだと思う。

そして彼女はそれから笑顔になって、また数秒の間があって涙を零《こぼ》した。

「嬉しい」

と言葉も一緒に零れ落ちてきた。

悲しみの涙ではなかった。プロポーズをされたことが嬉しかったのだ。

そんな彼女を俺は抱きしめた。

この腕の中に理子がいるのは本当に久しぶりだった。

俺もその日は彼女と同じように、幸せの中に包まれていたと思う。

次の日から、俺は実家の花屋の手伝いをすることに決めた。

前までいずれはこの花屋を継ぐという話も出ていたのだ。これも大きな分岐点と言えるのかもしれない。

両親も喜んでくれていたのは、俺にとってもとても嬉しいことだった。

そして本当にさまざまなことを犠牲にして、夢を追う道を歩んでいたのだと、今更になって気づかされていた。

「いらっしゃいませ」

最初は慣れなかった花屋の仕事も次第に様になってきた。父も母も店頭に立つ日が徐々に少なくなって、俺が店を任されることも多くなる。この頃から理子も店を手伝ってくれて、二人で店を切り盛りするようにもなっていた。

そんな結婚生活は幸せそのものだった。前よりも理子といる時間が圧倒的に増えて、笑うことが多くなった。誰かが常に傍にいてくれることが、こんなにも幸せなのだと初めて知った。

しかも花屋という場所は、お客さんのほとんどがプレゼントを買うために訪れているので笑顔の人が多い。だからこっちも笑顔にさせられることが多々あって、本当に素敵な場所のように思えた。

今この俺の目の前に広がる世界が、現実でないことは知っている。

この場所に来る前は、こんな世界で幸せになっても虚《むな》しくなるだけだと思っていた。

でも今は何か、目の前にあるものが本当の幸せのようにも思えていた。

そんな気分も相まって、俺が前よりも屈託なく笑っていたからかもしれない。

ある日理子から突然、質問をされた。

「もう、後悔はしていないの……?」

何か問いかけるように、理子がそう言った。

「後悔なんて全然していないよ」

俺は何のためらいもなくその言葉に答えた。本当に心からそう思っていたからだ。

一度現実の世界の中でミュージシャンとしての夢を叶えたからかもしれないけれど、今この目の前にある幸せの方がよっぽど大切なものだと思えた。

後悔なんてするはずがなかったのだ。

自信を持って、胸を張って言える。

今が、一番幸せだ。

そしていつの日か、大切な守るべき存在がもう一人増えることになった——。

◇

子どもが生まれた。

理子によく似た小さな女の子だった。秋に生まれたから楓《かえで》と名付けた。俺には全然似ないでいいから、ただ母親似の優しい子に育ってほしいと思った。俺は理子が楓を、その腕の中に抱いているのを眺める時間が、一番好きだった。

俺はやっぱり夢を諦めたのは改めて正解だと思った。

これ以上に歌にも絵にも幸せを表現できるものなんてないと思った。

俺はもうこの世界の中にどっぷりと浸かっていた。

当たり前だけど、現実に戻る気配なんて微塵も感じられない。

もう二度と現実に戻りたくないと思い始めていた。

この光景が目の前にあれば、それだけで充分だったから。

「らーららーー……」

俺が歌うのはＣＭのタイアップソングではなく、子守唄だけになった。俺が歌うと楓はよく笑ってくれた。それに俺の歌を聴いて喜んでいるのは楓だけではなかった。

「やっぱり私は大和の歌が好きだな」

さっきまで楓を見つめていた理子が俺を見て言った。

「今そう言ってくれるのは理子だけだよ」

一人の父親となった今、歌が上手くてもそんな役に立つことはない。ただ久々に言われて悪い気はしなかった。

そして、理子が意外な言葉を口にした。

「ねえ、久々にカラオケとか行ってみない？」

「カラオケ？」

付き合っていた頃は二人でもよく行ったけど、結婚してから理子がカラオケに行きたいと言い出したのは初めてだった。

「うん、久しぶりにちゃんと大和の歌を聴いてみたいと思ったから」

「そうか……」

俺はさして断るような理由も見当たらなかったので、「まあ、行ってみるか」と、なんの気なしに答えた。

すると理子は嬉しそうに笑って「やった」と言った。

そんな笑顔が見られるのなら、もっと早くカラオケに行けば良かったと思った。

でも俺は、この後に思ってもみなかった後悔をすることになる――。

せっかくだからと家族みんなでカラオケに行くことにした。蘇我《そが》駅前のカラオケに、うちの親と理子の両親、それから理子の妹夫婦の大所帯でパーティールームを借りることにした。

最初に歌わされたのは俺だった。トップバッターは勘弁してくれと言ったが、結局理子の両親からも背中を押されて歌うことになった。

選曲は今流行のＪ－ＰＯＰの曲にした。仕事中にもラジオから何度か流れてきている有名な曲だ。理子も好きな曲だった。歌い終わった後はみんなが拍手をしてくれたし、何よりも理子が嬉しそうな顔していたから俺も気分が上がった。「やっぱり歌手になるほうがよかったかもね」なんて言葉も冗談交じりに飛んできたけど「やっぱりそう思う？」なんて笑って返した。そんなこと今は何も気にならなかったのだ。
それから年代がバラバラなのもあって、それぞれが思い思いの曲を入れて歌い始めた。
うちの父はサザンオールスターズの『いとしのエリー』
母は沢田研二の『勝手にしやがれ』
義父は長渕剛の『乾杯』
義母は中森明菜の『DESIRE』
みんな楽しそうに歌っていた。マイクが流れるように人と人との間を渡っていき、俺も自分が作っていた曲とは、かけ離れたようなテンポの良い明るい曲も歌ったりする。
こうやって端末を使って検索をかけてみると、本当に色んな曲があった。
たくさんのアーティストが日々新しい曲を生み出しているのだ。
現実の世界では、俺もその星の数ほどいるアーティストの中の一人だった。
その中で運よく芽が出た。そして多くの人が俺の歌を聞くことになった。熱狂的なファンが生まれ、俺の曲は他のアーティストとは一線を画す、今の音楽シーンになくてはならないものだと絶賛された。

あのストリートライブに来ていた女の子も言っていた。

俺の曲がなければ生きていけないと。

それくらいに、俺の歌は唯一無二のものだった。

——そのはずだった。

「……」

ただ、本当にそうなのだとしたら、今のこの世界はなんなのだろう。

今は妹夫婦が誰もが知っているような流行の曲を歌っていた。

「君のことがー……」

妹夫婦が歌うその流行のラブソングを、心から楽しそうにみんな聴いていた。

みんな充分に楽しんでいた。

満足していた。

まるで俺の曲なんて、この世界に最初から必要なかったかのように——。

「……っ」

俺は、必要とされていたのではなかったのだろうか。

唯一無二の歌を生み出し、俺の曲がなければ生きていけない人がいたのではなかったのだろうか。

でもそんなことは決してなかった。

目の前の現実は残酷だ。

俺の曲がこの世に生まれても生まれなくても、この世界には何も変わりはなかったのだ。

俺はいつの間にか勝手にアーティストの仕事を高尚なものに捉えていた。

こういうクリエイターみたいな仕事は、代わりのいないものだと思っていた。

誰かの特別は、他の誰かの特別で埋められないと思っていた。

でも違った。

いくらでも代わりなんている。

そこに元から存在しなければ、誰かの他の作品がその場所にすっぽりと収まることだってあるし、人はそれで代替して満足できる。

だから俺の曲も別にこの世界には、最初から必要なかったのかもしれない。

元からなかったのなら、誰も気づくことはないのだから。

俺が作ったものは、なくなっても誰にも気づかれないような、透明な曲だったのだ——。

「好きなのさー……」

曲がサビを迎える。同時に部屋の中の雰囲気も盛り上がっているのが分かった。

俺以外の全員が、楽しそうに時間を過ごしていた。

みんなに気づかれないようにポケットからスマホを取り出して、自分のＳＮＳのアカウントを開く。

ストリートライブを開いていた頃はよくここから呟いていたけど、結婚してからはほとんど使っていない。それでもまだ自分をフォローしてくれているアカウントに飛んだ。

あのストリートライブも見に来てくれた、熱狂的なファンだった女の子のアカウントだ。

「花のようにー……」

でも、見なければよかったかもしれない。

『マジで桐沢《きりさわ》君最高ー！　桐沢君なしでは生きていけない！』

その女の子は今、他のアーティストの熱狂的なファンになっていた……。

タイムラインはその桐沢というボーカルがいるグループのことだけで埋め尽くされて、いかにもハマっているのが伝わって来る。

もう俺のことなんて完全に忘れていた。

俺の存在なんて最初からなかったかのように……。

「凪みたいにー……」

ほら、別に俺じゃなくて良かったんだ。

代わりはいる。

俺がいなくてもみんな生きていけるし、いたところで大して何も変わりないのだ。

「……くっ」

なんでだ。

もうこの世界で充分すぎるくらいの幸せを味わった。

それなのに今は惨めな気持ちでいっぱいだった。

吐き出したい。

この気持ちをどこかに吐き出しておかなければいけない。

じゃないと俺はこれからうまく笑えない気がする。

——そっか、こういう時にＳＮＳで呟けばいいのか。

惨めさと怒りと虚しさの混ぜ合わさった中で生まれたのは、現実の世界では絶対に発言できないような過激な言葉の羅列だった。

こんなことを呟いたら絶対に炎上するだろうし、間違いなくネットニュースになって、活動休止どころか引退に追い込まれてもおかしくない。

それを今の俺はためらうことなく呟いた。

もうどうなっても良かったからだ。

「この曲本当に良いよね」

「うん、本当に最高。これに似た他のアーティストの人の曲も良くて……」

妹夫婦の歌が終わって、次の曲が始まることになった。

そのタイミングでスマホを見返してみたけどなんの反応もなかった。

あれだけ過激な言葉を投げてはみたけど意味はなかった。誰もいない空に向かって、また透明な言葉を吐き捨てただけだった。

「こんなもんか……」

何に対してこんなもんかと言ったかというと、はっきり言って全部だった。

仕事とか、夢とか、人生とか、そういう現実世界の自分の全てだ。

自分自身が否定された気がした。

自分の生み落としたものには、なにも意味がなかったのだと気づかされてしまった。

「……次、俺が歌うからマイク貸してもらっていいかな」

次の人の曲が終わったところでそう言うと、「テンション上がってきたね」と言って笑って妹夫婦がマイクを貸してくれた。

誰もが知っているような、流行りの歌を歌った。

今日の最高得点が出た。

◇

それからも、この世界での生活に変わりはほとんどなかったし、肉体が元の世界に戻ることもなかった。

今は花屋での仕事も板についてきたし、家族の時間も大切にしている。

ただ、心の中に変化はあった。

あることを誓っていた。

もしも過去の世界から、元の世界に戻ってしまった際には、即刻アーティストを引退しようと決めた。

だって、結局アーティストとしての自分の代わりなんていくらでもいる。

それならもう自分が必死な想いで曲を生み出す必要なんてない。

生みの苦しみなんてもう味わいたくなかった。

The Beatlesのポール・マッカートニーは、『イエスタデイ』という歴史に残る名曲が、一晩見た夢の中で生まれたものだと言っていた。あまりにも自然にそのメロディが浮かんできたから周りの人に、これは他の人が既に作った曲ではないか、と聞いてまわるほどだったという話もある。

俺はそんな天才なんかじゃない。

そんな簡単に唯一無二の、歴史に残る名曲なんて生まれてこない。

必死で、血の滲む思いで、浮かんだものを書いては消して、作っては壊して曲を作ってきた。

でもそうやって作り出したものが、出会ったこともない第三者の軽はずみな言葉で否定されて壊される世界だ。

しかもそんな容赦ない世界なのに、俺以外にも代わりがたくさんいる。

唯一無二の存在なんかでは決してない。

もう誰のために歌っているのかも分からなくなった。

この過去の分岐点の世界に戻ってきて確信したのは、やっぱり夢なんて追わなければ良かったということだ。

改めて再確認してしまった。

俺は一人、再びスマホを握り締める。

前のツイートは何の波風もたたなかったけど、後になって無性に恥ずかしくなってすぐに削除した。

それ以来に開いたSNSのアカウント。

そこにこう呟いてみる。


『今が一番幸せだ』


いろんな思いを込めてそう書いた。本当にそう思っていたし、現実ではないこの世界で呟いたのには、強い皮肉も混じっていた。

こんな言葉を突然呟いてみても、また誰からも反応はないと思った。

でもすぐに反応があった。

俺の呟きにいいねが一つだけついた。

でもそれが誰からなのかは分からない。

その相手は鍵アカウントのような、名前が非表示になる設定にしているみたいだ。

『1いいね』

ポツリと暗闇の中の街灯の明かりのように、その文字が表示されている。

俺にとってその一つのいいねがどんな意味をもっていたのか分からない。

その相手とやりとりをすることも今はかなわない。

だからこそ、もう一度呟いた。

『最後に歌います』

また、『1いいね』が点いた。

◇

時間も場所もなにも公表しなかった。

ただ、『最後に歌います』と呟いただけだ。

俺は、現実に戻った際には引退すると決めていた。

だからこそこの世界で、最後に歌うことにしたのだ。

現実の世界ではもう二度と歌うつもりはなかったから。

活動休止からの引退。

よくある話だ。唯一無二でも何でもないのだから、そういうありふれた終わり方をするのも悪くないだろう。

この世界での経験を通して、自分がいかに不毛な夢を追ってきたのかが分かったのだ。

出来る限りこの過去の世界に居続けたいと思うが、もしも現実の世界に戻ってしまった際には、色んなことをやり直したいと思う。

音楽を辞めて、地元に戻って家の花屋を今から継ぐのも悪くないはずだ。理子は数年前に地元を離れていてもういないけれど、それでも些細なことから人生をやり直したかった。

そう思えただけで、この過去の分岐点の世界にきた意味は少なからずあると思った。

「……やるか」

ストリートライブを開く千葉駅の高架下には誰もいなかった。時間も場所も告知していないのだから当たり前だ。

そもそも告知したところで今更ファンなんて来るはずもない。

もう他の誰かのファンになっている。

俺がここで歌おうと決めたのは自分自身のためだ。

アーティストの真山大和と今日決別するために歌うのだ。

高架下のたった一人のライブなんて、今の俺にはおあつらえ向きの舞台だと思った。

「僕の名前をー……」

今日歌う曲は、ここで歌っていた曲ではない。

現実でメジャーデビューした後に出して大ヒットした曲だった。

この曲は街のいたるところで流れていたし、映画のテーマ曲にも使われていた。

きっと、現実の世界では知らない人の方が少ない曲だ。もしもこの曲を俺がストリートライブで歌ったりしたら、すぐに人だかりができてその模様がＳＮＳで中継されたり、どこかでニュースになっていたと思う。

でも今は違う。

「さよならと書いたー……」

近くを人が通りがかるのに誰も足を止めない。

「君の名前を――……」
ほんの少しこっちを見たりはするけれど、そのまま通り過ぎていく。
俺の歌声は、誰も耳を傾けていないからっぽの空に向かって飛んでいく。
誰も聴くことのない、たった一人の歌。
儚さを売りにした俺の曲にぴったりじゃないか。
これ以上に儚いものなんてない。
人の夢と書いて儚いなんて誰が作った言葉なんだ。
きっと今の俺のような状況になった人が作った言葉なんじゃないだろうか――。
「僕は知らない……」
あまりにも儚い。
人の夢は儚い。
この夢のような過去の世界は、あまりにも儚い――。
「ありがとうございました……」
目の前には誰もいないのに、歌い終わってからそう言った。
深々と頭を下げた。
この一曲で終わりだ。

もう十分だった。

俺の代わりなんていくらでもいる。

わざわざ俺の曲を聴く必要なんてない。

俺が歌う理由ももうどこにもない。

これでアーティストとしての真山大和の人生は終わりだ。

——でも、そう思った時だった。

「あの……」

とある高校の制服を着た女の子がいた。

勇気を振り絞ったように、俺に向かって話しかけてきたのだ。

「な、なにか……?」

俺には話しかけられた理由が分からない。

こんな子に会ったことなんて、今までに一度もなかった。

「……もう、終わりですか?」

「えっいや……」

まさか聞いている人がいるなんて思わなかった。だから早々に一曲だけで終わりにしてしまった。でも彼女にとっては物足りなかったみたいだ。

そして女の子は、ある驚きの言葉を口にする。

「……今の曲凄い良かったんですけど、この休んでいた間に作った曲ですか？」

「えっ……？」

最初は言っている意味が分からなかった。

でも、女の子の続きの言葉を聞いてすぐに明らかになる。

「……私、前からずっと真山さんが歌っているのを聴いていたんです。……前にもここで歌っていましたよね」

「俺の歌を前にも聴いてくれていた……？」

女の子はこくりと頷く。

それからいちど息を吐きだしてから、想いの丈を打ち明けるように言った。

「……はい、そうです。私、中学校の頃に友達とのこととかすごい悩んでいて、それで学校も休みがちだったんですけど……、その時にここを通りかかった時に真山さんの歌を聴いて、それで気持ちが救われたんです」

女の子は、まっすぐに俺のことを見つめて言葉を続ける。

「あの頃の私はあなたの歌を聴くために生きてましたから。だからずっと応援してたんです」

言葉を続ける――。

私にとって、真山さんは今でも私の一番大好きなアーティストです

「そんな……」

俺は、こんな子がいたなんて知らなかった。あの頃ストリートライブで歌っていた俺の歌に救われていた人がいたなんて知らなかった。

そして数年経った今でも、その想いを忘れないでいてくれている子がいたなんて思いもしなかった。

でも知らなかったのにもちゃんと理由があった。

「私、ＳＮＳもずっと今でもフォローしてるんですよ。鍵アカウントだからいいねとかも名前は表示されなかったと思うんですけど、それでも『最後に歌います』って呟いていたから、もしかしたら前と同じこの場所で歌っているんじゃないかなって思ってここへ来たんです」

「君が、あの……」

目の前の女の子が、あの一つのいいねをつけてくれた子だった。

俺は、信じられなかった。

こんなことが最後の最後に起きるなんて。

俺の目には誰からかということすらも見えなかったけど、その一つの数字が明かりのように灯ったことに、救われた自分がいた。

俺は今まで気づくことができなかった。

そういうあまりにも些細な、目には見えない透明な何かに救われることがあるなんて――。

「ありがとう……、ありがとうございます……」

涙が、急にこぼれ落ちてきた。

感情がわあっと、溢れ出てきてしまったのだ。

もう誰からも必要とされないと思っていた自分の存在を、彼女が肯定してくれた気がしたから――。

「ありがとうを言うのは私の方ですよ。私は真山さんの曲に何度も救われたんです。だからこれからもあなたは私の一番の推しです。真山さんが辛《つら》い時があったら今度はちゃんと見えるようにメッセージも送りますね、ずっと応援しています」

彼女のその言葉に、俺はやっぱり涙が止まらなかった。

「ありがとう、本当にありがとう……」

何度もお礼の言葉を言った。

その言葉しか出てこなかったのは、本当に心からそう思っていたからだ。

もう歌うことはやめようと思っていた。

現実世界に戻ったらこのまま潔くすべてを終わらせるつもりだった。

——でも、いいのかな。

俺は、歌い続けてもいいのかな。

だって俺の歌を聴いてひとりでも救われる人がいるのなら、俺はその人たちの為《ため》だけに、また歌を歌ってもいいのかな——。

○

——真山は、まほろし駅に戻って来た。

まだ瞳からは涙がこぼれ落ち続けている。様々な思いがその涙の中に込められていた。

「……俺は、どうすればよかったんだろうか」

涙を拭ってから真山は言った。

正解が何だったのか、自分がどうすればよかったのかは分からない。

自分が選ぶはずのなかった過去の分岐点の後の世界を見た。そこでの時間は確かに幸せなものだった。

でもまた自分を応援してくれる一人の存在に救われたのも確かだ。

そしてまたこの世界に戻ってくることになった。

夢を追う方がよかったのか、夢を追わない方がよかったのか。

その答えは分からない。

そしてこの世界ではどれだけ後悔をしても、過去はやり直せないことを知っている。

「……どうすればよかったのかは、私にも分かりません」

真山の言葉に、駅員がゆっくりと答えた。

そして、言葉を続ける。

「どちらの選択肢の人生を歩んでも後悔はあるんだと思います。夢を追わなければ、安定した生活の中でなぜ夢を追わなかったんだと後悔して……、今度は夢を追ったら、目の前に訪れていたかもしれない幸せな生活を掴み取れなかったことを、後悔するんじゃないかって……」

　そして、駅員は真山を見つめて言った。

「……だから人は結局、なるべく後悔の小さい選択肢を人生の分岐点毎《ごと》に選んでいくしかないのかもしれません。そうすればきっと後になって、自分にとっては満足のいくゴール地点にたどり着いているんじゃないかなって。もちろんそれで喜びの多い方を選べれば素敵なことですけどね」

　真山は駅員の言葉を聞いてから、小さく頷いた。

「……確かに、君の言う通りだと思う」

　どちらにせよ後悔していたのは確かだ。

　最初から音楽を辞めて地元で暮らし続けることを選んでいたら、きっとどこかで夢を追わなかったことを後悔していたのだろう。

　真山が今回そう思わなかったのは、現実の中では既に夢を追う選択肢の人生を歩んでいたからだ。

　どちらにせよ後悔があった。

　そしてどちらにせよ喜びもあった。

　ずっと無い物ねだりをして、自分自身の掴み取れなかった幸せを青い芝生のように眺めていただけなのかもしれない。

そして今、真山の心の奥底には明かりのように灯ったひとつの答えがあった――。

「……俺は、歌うよ」

真山は、言った。

「……今の俺には、歌うことしかできないから」

今度は自分のためだけではない。

自分の歌を聴いてくれる人のために歌い続けようと思った。

そこで駅員はこう言った。

「歌うことしかできない、というのは違うと思いますよ」

駅員は、微笑んで言葉を続ける。

「真山さんは歌うことで、誰かの心を動かしたり、笑顔にさせたり、人を救ったりしているんですよ。それって、真山さんは歌を通してなんだってできるってことではないでしょうか」

駅員の言葉に、真山は小さく頷いてから言った。

「……人の言葉ってものは、こんなにも温かったんだな」

そして真山は、元の総武線の電車の中に戻っていった――。

○

――ガタンゴトンッ。

――ガタンゴトンッ。

電車はちょうど、荒川と中川の上に跨《また》がる橋を渡り終えたところだった。

今は平井駅へと向かっていて、そのまま都心の中を突き進んでいく。

それから錦糸町駅まで着くと、あたりの賑やかさは一気に増して、電車からも街のネオンが目立つようになった。

帽子を目深に被り、普段しないメガネをかけたままの真山の姿に気づく人は誰もいない。

「……」

真山はスマホを取り出し、ＳＮＳのアカウントを久々に開く。

数十万人のフォロワー。

タイムラインにはまだ雨あられのように言葉が溢れかえっている。

真山が呟いたのは約一年前。

それ以来なにも呟いていなかった。
でも活動休止を伝えた時以来、久々に全世界に向けて呟いた。

『活動を再開します、一からまたよろしくお願いします』

簡潔なそれだけの言葉。
事務所にさえ何の話もしていないから、後になって騒ぎになるかもしれない。
でも今、自分の言葉でちゃんとこの想いを伝えたかった。
今伝えなければだめだと思ったのだ。
真山の呟きは、瞬く間にＳＮＳ上に拡散された。
ファンの喜びや、応援の言葉の中に、数多くの批判も飛んでくる。

『反省の色ゼロだなこいつ』
『お前の歌なんてもう誰も聴かねえよ』
『短い休止期間でしたね、バカンスは楽しかったですか？』
『ってかお前誰？　世間は別に誰もお前に興味ないから』

雨あられどころか、洪水のように迫って来る言葉の群れに埋もれそうになる中で、真山は、たった一つの言葉を探していた。

ここにはいないかもしれない。

でも今は、もしかしたらその言葉を見つけられるのではないかと思った。

――そして、あった。

『中学生の頃に千葉駅で、真山さんの歌を聴いて救われました。その頃から今でも真山さんは私の一番の推しです、これからもずっと応援しています』

真山は、その呟きにいいねを一つつける。

今は、それだけでいいと思った。

第四話

もしもあの時、病院に連れて行っていたら

飯田凜《いいだりん》は、祈りながら待っていた。

千葉にある病院の一室。

現在、凜の母親は手術を受けている。

「……」

時計の針を何度も確かめてしまう。あまりにも進むのが遅い。まるで凜の心を表しているみたいに、時計の針が前に進むのを恐れているかのようだった。

気を紛らわそうとテレビをつけると、報道番組がやっていた。アナウンサーが神妙な表情を浮かべたまま、二年前に起きた大型観光バスの事故についてのニュースを読み上げている。何人もの犠牲者が出た痛ましい事故だった。

——そうか、あれからもう二年か。

そんな時の流れを感じさせるニュースを目の当たりにして、凜は自分の身もはたと振り返ってしまう。

二年。もっとそれくらい前にお母さんを病院に連れて行っていたら良かったのにな……。

今日の手術の日に至るまでに、何度もそう思った。

自分の中に後悔があったのだ。

もっと早く病院に来ていれば、母の体内の病変も、今のように手術を受ける段階まで進行していない可能性が高かった。だからこそ、自分としてもやりきれなさを強く感じていた。

ただ二年前にそんなことを考えられなかったのにも理由がある。母の体調には目に見えた変化はなかったし、その頃は凛もちょうど就職活動の真っ只中《ただなか》だった。それからあっという間に月日が経って卒業を迎えて、社会人として働き始めることになった。

日常のささいな変化を気に留める余裕もなかった。まともな親孝行なんてほとんどできていない。それどころか自分はとんだ親不孝者だと、こんな状況になってから気づかされてしまった。

もっと母のためにできることはなかっただろうか。

母のためにしてあげられることはなかっただろうか……。

「お母さん、手術終わりましたよ」

看護師からの声がかかって、凛は顔をあげる。病室にストレッチャーに乗せられて母が運ばれてきた。

「……お母さん」

看護師の手によって、母の体がベッドの上に乗せられる。それから病室に一緒に入って来た年配の医師が言った。

「手術は無事に終わりましたよ、ひとまず安心してください。お母さんもじきに目を覚ますはずなので」

「あ、ありがとうございます！」

凛が深く頭を下げると、医師も頭を下げてから病室を去って行った。看護師も点滴の確認をして、それから「また来ます」と言って病室を去って行く。

病室に残されたのは凛と母だけになった。

「お母さん、お疲れ様……」

まだ目を覚ましていない母に向かって声をかけたので、返事がないのは当然だ。人工呼吸器をつけられたまま横たわる母の姿は、普段とは別人のように弱弱しく見える。眺めているだけでも辛いものがあった。

いつも快活な母だった。弱みなんて見せたことがなかった。

でも実際は、凛だけには見せないようにして鎧《よろい》を纏っていた姿だったのかもしれない。

「お母さん……」

今の母の姿を見ていると、どうしても胸の奥が痛くなる。

——もっと、お母さんが元気なうちに色んなことをしてあげたかったな。

シングルマザーである母は働きながらも、凜のことを常に気にかけてくれていた。寂しい思いをしたこともなかったし、就活の時だって凜を精いっぱいサポートしてくれた。最終的に満足のいく会社から内定をもらうことができたのも、母からの支えがあったからだ。しかしその感謝を返すタイミングも今思えばなかなかなかった。

社会人になってからは慣れない一人暮らしが始まった。初任給が入ったら一緒に旅行に行こうとも言っていたけど、仕事についていくのに精いっぱいでそんな余裕もなく、春物のコートをプレゼントしただけで終わってしまった。

実際、母の方から遠慮することが多かったのも確かだ。凜の初任給が入った時も母は、「私なんかじゃなくて自分のために使いなさいよ、これからお金が必要になることも多くなるだろうし、凜が一生懸命働いて稼いだお金でしょ」と言っていた。だから凜も慣れない仕事の中で無理に旅行の予定を組むこともなく、今はとりあえずコートをプレゼントするだけでいいか、と済ませてしまったところもあった。

昔から母はあんまり物欲もなく、したいことも特にないと言っていたからその言葉に流されてしまったのだ。でもそれすらも、凜のためではなかったのだろうか。

母と娘の二人の生活の中で、母が自分の生活を切り詰めていたことは容易に想像できる。自分よりも、凜のことを最優先してきたのは間違いなかった。

ただ考え始めると、凜の胸の中はますます締め付けられる気がする。

「お母さん、ごめん……」

ポトリ、ポトリと落ちる点滴の雫《しずく》。

今にも凜も泣き出してしまいそうだけど、泣いている訳にはいかない。

今度は母が元気になったら、無理をしてでも何か親孝行をしてあげようと胸の中で誓った。

「お母さん、早く元気になってね……」

凜はまた祈った。

願った。

今自分にできることは、これくらいしかないと思ったから。

ただ、その日の帰り道、電車に乗った途端、凜は不思議な体験をすることになった——。

○

「君がやり直したいと思っている過去の分岐点はいつかな？」

凜は目の前で起きていることに、ついていくのに精いっぱいだった。さっきまで確かに総武線の電車の中にいたはずだ。浅草橋駅にある一人暮らしの家までもうすぐのところまで来ていたのに……。

いつの間にか凜は、まほろしと名のついた駅へとたどり着いていた。

そして目の前には、七月の駅員と名乗る背の高い男がいる。

「えっ、あの、あなたがここの駅員なんですか？」

凜は動揺を隠しきれないまま質問を質問で返す。

凜にとっては目の前の男が、駅員だなんて信じられなかった。

「ああ、そうだ。さっきも言ったじゃないか。俺が七月の駅員だ。それで今は君が戻りたい過去の分岐点について尋ねているんだが」

駅員は何か動揺する様子もなく言葉を返す。

まだ訳が分からないことばかりだけど、さっきから言っている過去の分岐点についてのことが凜からしたら一番よく分からなかった。

「……あの、戻りたい過去の分岐点とはどういうことですか？」

「ああ、そうだな。それからまずは説明しなければいけないよな」

駅員は長い髪をかき上げてから、訥々《とつとつ》と語り始める。


ここはまほろし駅と呼ばれる場所で、総武線の電車に乗っている間に荒川と中川の上、ちょうど新小岩駅と平井駅の間の橋を通った時に、過去にもどってやり直したいと思っているくらいの後悔を抱えている人がたどり着く場所だということ、満月の夜にだけその機会が訪れること、そしてここから自分が後悔を抱えている過去の分岐点へと戻れることを駅員から説明された。

それから最後に伝えられた注意点は、過去に戻っても現在の状況は何も変えられないということだった。

「なるほど……？」

説明をすべて聞き終えた後で、凜の頭の中はますます混乱してしまった。あまりにも突然の状況に加えて、あまりにも多くの情報を聞かされることになったからだ。

「君のリアクションにも納得がいくよ。すぐには信じられないだろうからね」

まだ目の前のことをすべて受け入れられない凜に対して、駅員の態度は落ち着いたものだった。

「頭の中で理解する必要はない、そういうものなんだと受け入れるだけでいいんだよ。だって君はこんな不思議な駅の存在をまず頭の中で理解することができるかい？　こんなへんぴな場所を訪れることになるなんて夢にも思わなかっただろう？」

「確かに、そうですけど……」

実際にそう言われて凜は納得する気持ちに傾き始めた。そもそもこのまほろし駅という空間が、説明のつかない不思議な場所なのだ。

それなら確かに満月の夜に橋の上を渡ると、過去に戻れることがあってもおかしくないのかもしれない。そういうものなのだから……。

……そういうものか？

「では改めて質問しよう、君が過去に戻ってでもやり直したいと思っている分岐点はいつかな？」

再び駅員がそう尋ねてくる。やや強引に話が進んでいる気がするが、それでもこの状況を受け入れるしかないようだ。

それに駅員の言った通り、自分がやり直したいと思っているくらいの後悔を抱えているのは確かだった。

凜は、頭の中に浮かんでいた想いをまっすぐに答えることにした。

「……お母さんを、もっと早く病院に連れて行ってあげられれば良かったって何度も思いました」

「お母さんをもっと早く病院に連れていく、か……」

駅員が反芻するように言葉を呟いた。

「はい、もちろんお話しの通り過去の分岐点に戻れるとしても現実への影響は何もないみたいなので、そんなことをしても意味がないことは分かっているんですけど……」

もしも本当に過去に戻れたところで、早く病院に連れて行ってみても今の母の病気が治る訳ではない。だから過去に戻ったとしても大きな意味はないのだ。そんな状況でも過去に戻ってやり直したいと思ってしまうのは、ただ、凜の胸の内にそのことがトラウマのように、大きな後悔として刻まれてしまったからだった。

残されたたったひとりの肉親の身に起きた出来事だからこそ、自分の人生の分岐点に違いなかった。

だから、もしも母の病気を避けられる可能性があったのなら、どうなっていたのかを知りたかった。

——そして、もうひとつ凜には目的があった。

「……それに、お母さんに、普段聞けないようなことも聞いてみたいんです」

その言葉に駅員は意外そうな顔をして反応を示した。

「普段聞けないようなこと？　差し支えなければ教えてもらってもいいかな？」

「うちのお母さん普段は元気で冗談も言ったりして物怖じも全然しない人なんですけど、実は結構遠慮しがちなところがあって、何が欲しいの、とかどこに行きたいの、とか聞いても全然本音で答えてくれないんです。私に気遣って答えてくれないんだろうけど……。でもこの際だから、そういう本音のリクエストをこっそり聞いておいて、今後元気になって退院した後の参考にしたいなって……」

凜は過去の世界での出来事が現実に何も影響を及ばさないからこそ、過去へと戻ることの機会を後悔を晴らすだけではなく、今後の参考にもしようと思ったのだ。

「なるほど、まるで君はサンタだな。こっそりとお母さんに最高のプレゼントを贈ってあげたい訳だね。とても素敵な娘さんだ」

「そんなことありません、大した親孝行もできていないのに素敵な娘なんて……」

首をぶんぶん横に振った凜に向かって、駅員は言った。

「遠慮しがちなのは母親譲りみたいだね」

「そ、それは……」

部分的にはその言葉は確かに合っているかもしれない。母にぐいぐいとリクエストを聞くことができないのも、凛自身が遠慮してしまっているからだ。

でも過去の分岐点の世界では、遠慮をせずにぐいぐいいきたいと凛は心の中で誓う。現実には何の影響も及ぼさないからこそ、自分にだってできるはずだ。過去に戻ってやり直そうとしているのに、遠慮をしていたらなにも意味はない。

「なるべく遠慮しないように頑張ります」

「それでいいと思う。なるべく、がまだ付いているあたりまだ少し心配だけど」

「絶対遠慮しないようにします！」

改めて気合いを入れてそう言うと、駅員が小さく笑った。

「遠慮しがちにプラスして、真面目も君の性格みたいだな」

駅員は、凛を電車の中へとエスコートするように誘導した。

そして座席に座った凛の目の前に立って最後の説明をする。

「それではこれから、君が戻りたいと思っている過去のことを強く願うんだ。そしたら電車が動き出してトンネルを抜けた後に、過去にたどり着くことになる。ここに戻ってくるのは君が過去の世界から元の世界に戻ってきたいと思った時だ。準備はいいかい？」

「はい」

まるで遊園地のジェットコースターが走り出す前の説明を聞いているようでもあった。それくらいに目の前の駅員の説明は、非日常の雰囲気を感じさせた。

「よしっ、それじゃあ、過去の世界を楽しんできてくれ」

それから駅員が電車を降りようとしたすんでのところで、言葉を加える。

「それと、遠慮はしないように」

その言葉に凜は、まっすぐ相手を見つめたままこくりと頷く。

車両に残されたのが凜一人になると、電車のドアがぴしゃりと閉まった。

凜は強く願う。


——約二年半前、私が就活を終えたあの日に戻りたい。


その時に戻れば、もっと早く母を病院に連れて行ってあげられたはずだ。

だからこそ、その頃に戻りたかった。

そして、電車が動き出す。

——ガタンゴトンッ。

——ガタンゴトンッ。

まほろし駅を出た電車がトンネルを抜けると、真っ白な光の中に包まれる——。

◇

懐かしい、匂いがする……。

「お味噌汁……」

お母さんの作るお味噌汁の匂いだ。

「ここは……」

いい匂いで鼻をくすぐられて目を覚ますと、ベッドの上だった。それも久々の実家のベッド。柔らかなマットレスは、一人暮らしを始めた時に買ったものよりも数段良いものだ。

さっきまではあの不思議なまほろし駅にいた。

それなのに今はこんなところにいる。

「凄い……」

枕元に置いてあったスマホの画面を見て、本当に過去に戻ってきたことを確信する。

日付は、就活を終えたあの日だった。

私の願った通りの日に戻ってきたのだ。

どうしてこんな現象が起きているのか、頭の中で理解する必要はないのかもしれない。あの駅員さんの言っていた通り、ただ受け止めればいいのだ。体験してしまったらもう疑いようがない。過去に戻れるというのは本当だったみたいだ——。

「……よし」

状況を確認したところで早速行動に移る。ベッドから飛び起きて台所に向かった。

私にはやらなければいけないことがある。お母さんのためにすることがいっぱいあって、過去に戻ってきたのだから。

「お母さん！」

お母さんが台所に立って朝食を作っている。味噌汁が完成して、同時に魚も焼きあがったようだった。

「あら、朝から大きな声だしてどうしたの？」

お母さんの様子に変わりは何もない。それも当たり前だ。この時はまだ体調になんの陰りもない頃だった。

それよりも今は、いつもと変わらない表情になにかこみあげてくるものがある。

なんでもないような顔が、私は一番見たかったんだ……。

「お母さん……」

もう一度呟くと、お母さんはさっきよりも不思議そうな顔をした。

「あんた大丈夫？　どこか悪いところでもあるんじゃないの？」

間の抜けた言葉にも、今はなんだか泣きそうになってしまう。

「……違うよ、私じゃないよ」

「えっ？」

こんなことを急に言っても今のお母さんからしたら訳が分からないだろう。

次の言葉を言ったら、きっとお母さんは今よりも不思議な顔をするはずだ。

でも、今伝えなければいけない。

そうしなければ、過去に戻ってきた意味はないのだから――。

「……お母さん、病院に行こう」

私は、率直に言葉を伝えた。

ただ、その言葉はまっすぐお母さんには伝わらなかった。

「えっ、病院？　あんたやっぱりどこか悪いところでもあるんじゃないの！」

お母さんが心配そうにして私を見た。自分のことだとは露ほども思っていないみたいだ。でも急にそう言われたらこんな反応になるのも当たり前かもしれない。今のお母さんの身に起きていることは、自分自身でも身に覚えのないことのはずだった。

「……違うよ、病院に行かなきゃいけないのはお母さんの方」

「私？　私はいたって健康よ、病院なんて行く必要ないわ。今も味見でたくさん食べたのに、これからまた一人前分しっかり食べるつもりなんだから」

そう言ってからお母さんが笑った。

いつも冗談っぽいことを言って、私が学校で嫌なことがあった時や落ち込んだ時には笑顔にさせてくれた。でも今は笑ってこの場を流してしまうわけにはいかない。いろんなことを先延ばしにして、気にかけることができなくて、元の世界ではお母さんを悲しい目に遭わせてしまったのだから……。

「……でもねお母さん、定期健診としてでもいいから色々見てもらったほうがいいと思うんだ」

私は、この言葉がちゃんと伝わるように真剣に、お母さんを見つめた。

そして、言葉を続ける。

「……お願い、お母さん」

もう今は、遠慮をするわけにはいかなかった。

だんだんお母さんの表情が変わっていくのが分かる。

「凜……」

真剣な顔になって、私を見つめ返した。

私の想いが、届いた気がする。

「……分かった、行くわ」

お母さんはそう言って、小さく頷いた。

「お母さん……」

「でもね、ちょっと待って……」

そう言って私の前に手のひらを出してから、今度はお味噌汁を作っていた小鍋の中に入っていたおたまを摑んだ。

「まずはご飯にしよう」

お母さんが微笑む。

「人間ドックで見てもらうなら、それなりに準備も必要だもんね、来週には受けられるように申し込んでおくわ」

そして、慣れた手つきでお椀《わん》にお味噌汁をよそっていく。

私の部屋に匂ってきた時よりも、その香りは引き立っていた。

「……分かった、ありがとう」

お母さんの言葉に従って、お味噌汁の入ったお椀を受け取るとそのまま椅子の上に座る。

お母さんがその場しのぎの返事をした訳でないのは分かっていた。お母さんは嘘はつかない人なのだ。私との約束は、ちゃんと守ってくれる人だから。

「はい、どうぞ。冷めないうちに召し上がれ」

お母さんが、食卓の上に料理を並べていく。白いご飯にお味噌汁に焼き魚にほうれん草の和《あ》え物。私にとっての理想の朝食だった。一人暮らしを始めてからは、こんな朝食をまだ一度も作っていない。でもお母さんは私が小さい頃から朝食をちゃんと作ってくれていた。お母さんだって働いているから、普段だって今の私と同じくらい時間がなかったはずなのに。

「……いただきます」

最初にお味噌汁を口につけた。

出汁《だし》の香りと、合わせ味噌の濃厚な味わいが口の中いっぱいに広がる。

「……美味しい」

思わず呟いた。

懐かしさと相まったその味は、特別な味がした。

「そう？　良かった。いつも通りなんだけどね」

「……いつも通りが一番なんだよ」

いつも通りは、ふとした時に突然失われてしまうものなのだ。

私はそれをここ最近痛感していたから、尚更今は思ってしまった。

かけがえのない、いつも通り――。

「……本当に、美味しいよ」

うっかりしていると涙が零れ落ちてきてしまいそうで、代わりにさっきと大して変わらない言葉をもう一度呟いた。

「……本当に、いつも通りなんだけどね」

お母さんが嬉しそうに、私の真似をするように冗談っぽく言って笑った。

いつも通りが一番だと、私はやっぱり思う。

◇

それから人間ドックを受けることになったが、結果は予想していた通りのものになった。超初期の段階での病変が見つかることになり、当日の内視鏡検査の際に切除することになったのだ。手術自体それだけで終わったので、入院する必要も、麻酔を使った大がかりな手術もなにもなく終わった。

現実ではその箇所にあった病変が進行して、入院をしてまで手術をすることになったから、早めの検査に来たことが間違いなく良い結果をもたらしていた。お母さん自身、当初は思いがけない内視鏡での切除をしたことに多少の落ち込みはあったみたいだが、不幸中の幸いといえる出来事でもあったので、病院を後にする時には表情は晴れやかなものに変わっていた。

「凛の言う通り早めに病院に来ておいて良かったわ」

胸を撫で下ろしてから言ったお母さんに私も笑顔で答える。

「私もよかった、これで少し安心できたよ」

「凛に命を救われちゃったわね」

お母さんは冗談っぽく言ったけど、私はその言葉を聞いて現実のことを思い出して胸が痛んだ。

やっぱり、こうして早めに検査に来ていればお母さんの体への負担もほとんどなく済ませることができたのだ……。

普段から気をつけておいて、お母さんにも早めの定期的な検査を進めていればよかったと思う。もう取り返しのつかないことではあるけれど、やっぱりお母さんを早めに病院に連れて行ってあげられなかったことは、後悔として強く胸の奥に残っていた。これでもしも現実世界のお母さんに、術後の体調に変化があったりして、それでもっと悪い事態に発展してしまったとしたら……。

「……大丈夫、凜？　もう全然心配いらないんだからね」

「あっいや……」

お母さんが私の顔を覗《のぞ》き込んで言った。考え事が頭の中にあって、顔に出てきてしまっていたみたいだ。

私はすぐに取り繕って別の質問をすることにした。過去に戻って来たのは、もう一度後悔をするためでも、早めの検査をするためだけでもない。

お母さんに聞いておきたいことがいっぱいあったのだ。

「そ、そういえば、お母さん、何か食べたいものはある⁉」

「食べたいもの？　急にどうしたの？」

「急じゃないよ、ずっと考えてたんだから！」

「さっきも真剣な顔してそんなこと考えてたの？　まったく食い意地が張ってるんだから……」


食い意地が張ってると思われたのは想定外だったけど、うまく話を変えることができたみたいだ。お母さんのリクエストを聞くには、丁度いい機会だったはずだ。

「ほら、快気祝いってことでいいでしょ。美味しいものでも食べに行こうよ、私がご馳走《ちそう》するから」

「そんなの悪いわよ、本当は私が凜に内定祝いでご馳走してあげないといけないんだから」


やっぱりお母さんは遠慮をした。でも私も遠慮をする訳にはいかない。駅員さんとも約束をしたのだから。それに普段の日常の中でこんなことを言ったらますますお母さんは誘いに乗ってくれなかっただろうけど、快気祝いというタイミングが後押しをしてくれていた。

「快気祝いの方が先！　なにか食べたいものはある？　お祝いなんだから豪勢なも

のでいいんだからね」

「えー、そんなこと急に言われても、普通のでいいわよ」

「普通じゃだめだよ、お祝いなんだから！」

私も大胆に迫る。ここが現実ではない過去の世界だからこそぐいぐいといける部分はやはりあった。それにここでちゃんとリクエストを聞いておかないと元の世界に戻ったときに役立てることができない。お母さんの為にも、後悔するだけで時間を終えるような気はさらさらなかった。

「和食、洋食、中華、イタリアン、それともフレンチ？　五択だからちゃんと選んで」

「うーん、和食かしら」

「じゃあお寿司ね」

「お寿司は好きだけど高すぎるわよ、おにぎりでいいわよ」

「おにぎりは私も好きだけど、お祝いなんだから高級なお寿司でいいの！」

「別に高級じゃなくていいのよ、おにぎりとお寿司なんて具が中にあるか、上に載っているかくらいの違いじゃない」

「いいからお寿司ね！　具は上に載せるから！　お祝いなんだから、決まりね！」

お寿司屋さんの大将がまな板で叩《たた》いてきそうなくらい適当な発言をお母さんがしたところで、私の方から強引に押し切った。ここはまたぐいぐいといかなければいけない。お金だってアルバイトで貯《た》めたのを奮発すれば大丈夫だ。お祝いなんだから豪勢にいきたい。そしてもっともっとお母さんのリクエストを聞きたかった。

「他にどこか行きたいお店とかある？　この際だから教えて、テレビで見て気になったお店とか」

「築地《つきじ》に美味しそうな親子丼のお店があったから、行ってみたいなとは思ったけど……」

「よし、そこも行こう。決まりね！」

「全部勝手に決まっちゃうじゃない、凜はいつからお祝いの独裁者になっちゃったの」

いつものお母さん節を聞いた後に、私はお母さんの腕を引いて歩いた。

「ちょ、ちょっと凜ったら」

こんな風に腕を組んで歩くのも久しぶりだ。

元の世界に戻っても、どこかのタイミングで腕を組んで歩きたいと思った。病み上がりで心配だから、と言えばそれが言い訳にもなるしお母さんだって恥ずかしがらずに受け入れてくれるだろう。
その後は、高級なお寿司だって、美味しい親子丼のお店にだって必ず行くつもりだ。
予行演習として、今はこの過去の世界での時間を過ごしたいと思う。
そうすればきっと、元の世界に戻ってもいいことが待っているに違いないと思った。

◇

もう食事の制限も何もいりませんよ、とお医者さんに承諾をもらってから、色んな所へ食事に出かけた。最初に行ったのは高級なお寿司屋さんで、その後は超人気店のフレンチも食べに行った。とても美味しかったけど、一緒に公園に行って食べたツナマヨのおにぎりや、肩ひじ張らずに食べられた町の小さな洋食店のオムライスも、負けてないくらい美味しいなと思ってしまった。ちなみにその後に行った、お母さんが言っていた築地にある親子丼のお店は、リーズナブルかつとっても美味しくて、二人とも大満足のお店になった。

お母さんと一緒に出かけたのはご飯屋さんだけではない。ショッピングモールへの買い物にも一緒に行った。お母さんに似合う夏でも着られるような薄手の水色のカーディガンを買ってあげると大喜びしてくれた。

元の世界でも、一緒にご飯を食べに行ったりすることはあったけど、こんなにも毎日のように色んな所にでかけて、遊びに行ったりすることはなかった。私も純粋にこの時間を楽しんでいた。過去の私が選ばなかった選択肢の世界だとしても、お母さんが喜んでいる姿を間近で見られるのはとても嬉しかった。

――そして人間ドックから数ヶ月が経った頃、私とお母さんは泊りがけとなる温泉旅行に二人で来ていた。

「本当に良いところに連れてきてくれてありがとうね」

お母さんが温泉に浸かりながら、嬉しそうに笑って言った。そんな表情を見られただけでも二人で旅行に来て正解だったなと思う。

「ご飯も美味しかったよね、私はだし巻き卵が特に好きだったなあ」

「ふふっ、凜は本当に卵料理が好きね」

「確かにそうかも」

オムライスに親子丼にだし巻き卵、確かに私の好きなメニューは卵料理ばかりだった。

「高校生の頃のお弁当も卵焼きだけは必ず入れてって言ってたもんね」

「甘い卵焼きね、あれが私は大好きだから」

「凜が最初に作ってくれた料理も甘い卵焼きだったものね」

「そんなことまでよく覚えてるね」

確かにまだ私が小さい頃初めて作った料理は、より簡単にできる目玉焼きではなく卵焼きだった。きっと卵焼き専用の四角い小さなフライパンが、なんだか可愛く見えたんだと思う。アニメに出てくる不思議なアイテムに見えて、どうしても使いこなしたいと思ったのだ。それに卵焼き自体、お母さんが作る姿を隣で見るのが好きだった。卵が何枚も何枚も、それこそカーディガンを羽織っていくように丸みを帯びて卵焼きになるさまを見て、私も作りたいと思ったのだ。

うちで作る卵焼きはいつも甘いものだった。お母さんが作ってくれたのが砂糖を入れた甘い卵焼きだったのだ。だから私も自然と甘い卵焼きを作るようになっていた。

「……じゃあ、そしたら今度は外食じゃなくて私が何か家で美味しいものを作ってあげようかな」

「あら嬉しい、でも最近美味しいものばっかり食べて舌が肥えてるから、ママゾンレビューで星五を獲得するのは凛にはちょっと難しいかもしれないわよ？」

「アマゾンレビューみたいに言わないでよ」

二人してあははっと笑った。

他にお客さんは誰もいないから、今は貸し切り風呂のようにもなっていた。

「……でも、本当に嬉しいわ」

お母さんが、何かさっきの冗談の言葉から仕切り直すように言った。

突然のことに、思わず私もお母さんを見てしまう。

そしてお母さんは、柔らかく笑ってから言葉を続けた。

「凛のおかげで今もこうして元気でいられるのよ。それにずっと凛がいてくれたから、今も笑っていられる」

今度はお母さんが私に向かって微笑んで言った。

「……凛が小さい頃にお母さんは離婚しちゃったけど、あの時一人になっていたら、今どうなっていたか分からないわ、凛がいてくれてね、お母さん本当に救われたのよ。今回の病気の件だけじゃなくて、ずっとそう。……だからありがとうね、凛」

「お母さん……」

不意打ちだ。急にそんなことを言われるなんて思っていなかった。
温泉が湧きだすみたいに、私の胸の内からも温かいものがこみあげてしまう。
それが涙となって、瞳からこぼれ落ちるのを私は止められそうにない。
――だって嬉しかったんだ。
お母さんが、凜がいてくれて救われたと言ってくれたことが、本当に嬉しかったんだ。
「あら、どうしたの？」
私が涙を流し始めると、お母さんがわざととぼけたような声を出して言った。
今は誤魔化したように言ってくれて助かった。
胸の奥ではやっぱり涙の中に、後悔の意味も含まれていたから――。
元の世界でも、お母さんと今のように過ごせたはずだ。
お母さんをもっと早く救えたはずだ。
やっぱりもっと早く病院に連れて行っていたら良かったと思ってしまう。
もう、過去はどうやっても変えられないけれど……。
「……温泉が、目に沁《し》みたんだよ」
嬉しさと後悔が複雑に入り混じった涙の後に、お母さんのセンスにはとてもかなわないような冗談を私も言って誤魔化した。

◇

宿泊した次の朝は、観光地を回った。会話も尽きることはなかったし、このままこんな穏やかな時間がずっと続けばいいな、なんてことも思ってしまったけど、いずれ私は現実の世界に戻らなければいけないのは分かっている。

そして、こんな日々を元の世界でももう一度繰り返そうと思った。

お母さんが退院して元気になった後で、必ず今と同じように笑える日々を過ごしたいと思った。

自分の気持ちとちゃんと向き合って、前向きに考えられただけでもここに来た価値はあると思う。

いつでも現実の世界に戻る準備は出来ている。後は私が決心して現実に戻りたいと強く願うだけで、あのまほろし駅にも戻ることになるのだろう。

だからこそ私は、今乗っているバスが最寄りの駅に着いて、温泉旅行が終わった後に、元の世界に戻りたいと願うことを決めていた。

温泉旅行を、過去の世界での最後の一日にするつもりだったのだ。

「……今回の温泉旅行も、今までにいろんなところに美味しいご飯を食べに行ったのもどうだった？」

決心の気持ちが表れていたのかもしれない。私は何か今までのことを総括するかのように隣の席に座ったお母さんに向かって尋ねた。

「毎日楽しかったわ、ずっと遊園地で過ごしているみたいに気分が高揚していたもの」

お母さんが答える。

バスは山道の中を走り続けている。曲がりくねった帰りの道を着々と進んでいた。

「遊園地みたいか。いいこと言うね……」

でもそう言いながらあることに気づいた。

お母さんにしては珍しい例え方だったのだ。

「……もしかしてお母さんって遊園地好きなの？」

「えっ、あ、それは……」

お母さんが、何かぎくっとしたような顔をした。

そのワードは前に行きたいところのリクエストを聞いた時にも、まったく出てこなかったものだった。

「そう、結構好きなのよね、アトラクションとかに乗らなくてもあの雰囲気がいいじゃない？　非日常な世界の中でなんだか幸せな気分になるというか……」

「そうだったんだ……」

初耳だった。

もしかしたら小さい頃から私が、遊園地にはあまり強い興味を示していなかったからかもしれない。絶叫モノが苦手だから避けてもいたのだ。

でも確かに遊園地の雰囲気自体は私も好きだ。非日常な世界を味わうことができる。

それにお母さんが好きだと言うのなら、尚更今、私も行きたい場所になった。

「……その言葉、ちゃんと覚えておきます」

こんな情報を知ることができたのも、やっぱり過去のもう一つの選択肢の世界に来られたからだった。

元の世界で退院したばかりのお母さんに行きたいところを尋ねても、きっと遊園地なんて言葉は出てこなかったはずだ。

だからこそ、いつか必ずお母さんと一緒に遊園地に行こうと思った。もちろん、お母さんが無事に退院して、大分元気になってからにはなるだろうけれど。

「……お母さん、ありがとうね」

そして私は、昨日温泉の中では泣いてしまって言えなかった言葉をちゃんと口にした。

過去の世界でのお母さんとの別れも近づいていると思ったから。

「あら、急にどうしたの？」

「……急じゃないよ、遅すぎたくらいなんだから」

この言葉は、ちゃんと元の世界に戻った時も言わなければいけなかった。

ありがとう、と伝えよう。

ふとした時に、急にたった五文字の言葉も伝えられなくなることがある。

そんな時に後悔をしても遅いのだ。

過去を変えることなんて誰にもできないのだから――。

「……お母さんとこうして過ごせて良かったって本当に思うんだ。だからこれからもずっと元気でいてね」

「……なんだか、冷房が目に沁みるわね」

お母さんはそう言って、目元に手を当てた。

冗談のように言っているけど、涙が本当に出ているから冗談になっていない気がする。

そんなことを言うなら、私だって今この瞳から溢れ出てきているものは、冷房が目に沁みたせいで……。

「……本当に、ありが――」

もう一度、私がそう言いかけた時だった。

――キイィィーーッ！

強烈な急ブレーキの音があたりにこだまする。

それから車体が宙に浮くように傾いた。

一瞬、何が起きたのか分からなかった。

私だけではなく、バスに乗った乗客全員がそうだったと思う。

目の前がスローモーションになって、自分の体が他人のものになったように凍り付いて動かなくなった。

声も出せない。

息もできない。

とてつもない衝撃が、バスの外側と内側から、いっぺんに爆発したように起きた——。

……。

…………。

——早く、担架持ってこい！

——意識、あるぞ！

――大丈夫ですか、分かりますか！？


「あ、あぁ……」

私が意識を取り戻したのは、目の前に救急隊員の人たちが現れた時だった。

どれだけの時間が経ったのかは分からない。

さっきまでは目の前がスローモーションのように動いていたのに、今は目まぐるしく動き続けていた。

他人事のように周りだけが動く世界。

私の体はなにも動かないまま、目の前の景色だけが尋常じゃないくらいにくるくると変わっていく。

かろうじて頭だけを動かした。

すると体の触覚がつながった気がして、今、自分は地面に手をついているのだと分かった。

やや遅れてから、何が起きているのかを把握する。

事故だ。

大きなバスの事故が起きていた。

目の前の現状を理解したのと同時に、お母さんの姿を探す。

さっきまで、隣にいたお母さん。

たったひとりの、私の大切なお母さん。

そして、見つけた――。

「嘘だ……」

私のいる位置とは少し離れた場所に、その姿はあった。

「あ、あぁ……」

ぐったりとしていて、体は少しも動いていない。

「お母さん……」

頭からは血を流していた。

「いやあぁぁぁ！」


……。

………。

救急隊の人に運び込まれる担架の上で、私はあることを思い出していた。

今日は、あの日だ。

――病室のテレビで見た、観光バスの事故が遭った日。

ちょうど二年前のあの出来事が、今日だったのだ。

私とお母さんがその事故に巻き込まれていた。

つまり私たちは、早めの治療をして元気になってからこの旅行をしたことで、事故に遭ってしまったのだ。

――そんなことってあるのだろうか。

早く病院に来た方が、お母さんは絶対に長生きしてくれるものだと思っていた。

いつまでも元気でずっとそばにいてくれるものだと思っていた。

でも違ったみたいだ。

私は想像もしていなかった。

過去のあの分岐点で、現実と違う選択肢を選んでいたら、こんなことが起きるなんて――。

○

――まほろし駅に、凜は戻って来た。

この世界の凜の体には傷ひとつない。

あの事故は違う選択肢の世界で起きたものだから、当然のことながら現在に干渉するものは何もなかった。

ただそれでも凜は強いショックを受けていた。

茫然《ぼうぜん》として、すぐに言葉を何か口にすることはできなかった。

こんなことが起こるとは、思いもしていなかったから――。

「……大丈夫かい？」

駅員が目の前に現れて心配そうに尋ねる。

その言葉に凜はたやすく「大丈夫」と答えることはできなかった。

まだ今さっき起こった出来事を頭の中で整理するのに精一杯だったからだ。

「……なんで、こんなことが起こるんでしょうか」

ポツリと漏らすように言ったその言葉に、駅員もうまく答えることができなかった。

「……それは分からないよ、この世界で起こる出来事に、すべて納得できる理由なんてあるわけがないんだから」

駅員は言葉を続ける。

「……ただそこに、起こった事実が残るだけなのさ」

「起こった事実が残る……」

「ああ、君がお母さんを病院に連れて行くのが二年前ではなく今のタイミングになったことで、結果的に君のお母さんは命を救われたんだ」

「そんな……」

そんなことが起こるはずないと思っていた。

もっと早く病院に連れて行っていれば必ずそっちの方が長生きすると思っていた。

でも違った。

あの時に早く病院に行って、それで快気祝いの旅行に行ったら、あのバスの事故に遭ってしまったのだから――。

「もちろん二年前に何かの拍子で病院に行ってから、快気祝いの旅行に行かなかった選択もありえる。だからこそこれはあくまで可能性の、とあるひとつの選択肢の話なんだ。でも、その数ある選択肢の中で、今の君のお母さんが救われたのは事実だ」

「……そんなこと言われても、もう何が良いことなのか悪いことなのか、分かりません。病院に早めに連れて行くことは必ず良いことだと思ったのに……、それに遅くなってから入院して手術することになったのなんて、絶対悪いことだと思ったのに……」

凜は吐き出すようにそう言った。本当に心の底からそう思っていたからだ。

一体何が何なのか分からなくなっていた。

自分は、どうすればよかったと言うのだろうか……。

「とても難しいことだと思う……。自分にとってその時は良いって思ったことが後で悪くなったりするし、逆に悪いって思ったことが後で良くなったりもする。その時々の良いも悪いも、俺たちが勝手に決めているだけのものだからかもしれないけどな……」

そう言ってから駅員は、ある言葉を凜に向かって尋ねた。

「……『人間万事塞翁《さいおう》が馬』という言葉を知っているかい？」

「……その言葉自体は聞いたことがあります」

「……少し、詳しく説明しようか」

凜がその言葉に頷くと、駅員は訥々と喋り始めた。

「……とある老人の飼っている馬が逃げた時、周りの人は『悪いことが起きた』と思ったが、老人は『これは良いことかもしれない』と言った。そしてしばらくすると、その馬が足の速い馬を連れて戻ってきて老人の言う通りに良いこととなった。今度は周りの人も喜んだが、老人は、『これは悪いことになるかもしれない』と言った。その後、老人の子どもがその馬から落ちて骨折をすることになってしまう。しかしこれも再び老人は、『これは良いことになるかもしれない』と言った。そして言う通り、その後に起こった戦争で周りの男子は兵役で連れて行かれたが、骨折が幸いして老人の息子は兵役を免れ、命が助かったという話だ。……今回の一件にも似ている気がしたんだ」

「確かに、そうかもしれません……」

凜は説明を聞いて、そう思った。

病が発覚するのが遅くなったのは、酷く悪いことだと思った。でも後から病が発覚したことで、結果的に事故を免れることになったのだ。

ただ、すべてのことに納得はできない。

「……でも、だからといってどうすればいいんですか。……良いことも悪いこともどうなるか分からないならどうしようもないじゃないですか。病院に行っても行かなくてもどっちでもいいし、旅行に行こうが行くまいがどっちでもいい。何が起こっても人間万事塞翁が馬で、もうこれから目の前に起こることをなにも気にしないで受け入れて生きろって、そういうことですか」

「いや、それは違うと思う」

「えっ？」

思わぬ言葉がすぐ返ってきたことに、凜は目を丸くさせた。

「……どういうことですか？」

駅員が、はっきりとした口調で答える。

「何か嫌なことが起きたときに、『人間万事塞翁が馬』という言葉に励まされるならそれでいい。でもだからといって、すべてを何も気にしないで受け入れろ、っていうのはとてもではないが無理な話だと思うんだ。だって俺たちはただの人間だ。どうしたって日々の目の前の出来事に落ち込んだり、くよくよしたりする。……けどそれでいいんだと思う。俺たちは、良いことも悪いことも、その場で一喜一憂しながら日々を過ごしていけばいいんだ。そうやって少しずつ前に進んでいくのもひとつの生き方なんだと思う」

「その場で一喜一憂しながら……、少しずつ前に進んでいく……」

凛はその言葉を反芻して噛《か》み締める。

確かにその通りなのかもしれない。

何でもかんでも人間万事塞翁が馬だから、と言って受け入れられるはずもない。人間なんだからどうしたって一喜一憂してしまう。

いつまでも後悔を抱えてしまうのも仕方のないことなのだろう。

現実世界で過去に戻ることはできないし、このまほろし駅からだって、過去に戻っても何かを変えることはできない。

前を向いて少しずつ進むしかないのだ。

ただ、それでも前を向くのがどうしても辛くなってしまうこともあるけれど……。

「前を向くことすらも辛い時は、どうすればいいんでしょうね……」

凛は心の中に湧いてしまった言葉を、ポツリと漏らすように言った。

すると駅員は戸惑う様子もなくこう言った。

「後ろを向けばいい」

「えっ？」

凛にとってその言葉は意外なものだった。

ただ言葉は、そこで終わりではなかった。

「後ろを向いてそのまま後ろに歩けばいいんだ」

言われてすぐには、その言葉の意味が分からなかった。

でも試しに後ろを向いてから、後ろに歩いてみた時、凛は小さく驚きの声をあげた。

「……前に進んでる」

そうだったのだ。

後ろを向いてそのまま後ろに進むと前に進むことになる。

まるでマイナスの引き算が、プラスになるかのように。

「そうだろう、そういうものさ。それもまたひとつの生き方なんだよ」

そう言って、駅員はふっと笑った。

思わず凛も笑ってしまう。

——後ろを向いて、そのまま後ろに歩く。

今教えてもらったその言葉が、凜の中でとても大切なものになった気がした。

人間万事塞翁が馬とともに、その言葉を胸の中にいつでも取り出せるように置いておきたいと思う。

「……やっぱりあなたは素敵な言葉を紡ぐ人ですね」

「……まあ、それが仕事の一部みたいなものだからな」

駅員が照れくさそうに笑うと、凜もまた一緒に小さく笑った。

○

凜が日常の元の世界に戻って来てから二週間後、無事退院の日を迎えることになった。経過は良好で、その後の診察でも問題は見当たらず、医者からも「これからは一年に一回の定期検診のみで充分ですよ」と言い渡されるほどまでになった。

それでも心配が完全になくなったわけではない。だからこそ凜は、今でも母と過ごす時間をとても大切にしている。

仕事の空きを見つけては新しくできた洋食屋のふわふわのオムライスを一緒に食べに行き、それから築地の親子丼を食べにも行った。

——そして今日は快気祝いの第三弾として、二人は念願だった遊園地に向かっていた。

「凜、ほら、行くわよ！」

いつもの総武線ではなく、京葉線《けいよう》を使って舞浜駅《まいはま》で降りると、まるで十代の女の子のように母が軽やかな足で走り出した。

「ちょっと待ってよ、お母さん！」

凜も声をあげてから、母の後ろについていく。

それから追いついたところで腕を摑んだ。

「もう、勝手にどこか行っちゃって迷子にならないようにこうしておくからね」

「あらやだ子ども扱いしちゃって、でも久しぶりにいいわねこういうのも」

組んだ腕を眺めて母が笑って言った。

「まあ、悪くないよね」

凜も嬉しそうに笑う。

夢の国はもう目の前だ。

「それじゃあ、レッツゴー！」

そして母と娘二人、幸せそうに腕を組みながら前を向いて走り始める――。

第五話　もしも、あの時——

「ここが、まほろし駅か……」

葛城真一《かつらぎしんいち》は、まほろし駅に着くなり言葉を口にした。

その発言に目を丸くさせたのは、他でもないホームで待っていた駅員だった。

「……あなたは、まほろし駅の存在を知っていたんですか？」

驚きを隠せないまま、駅員は葛城に向かって尋ねる。

「ああ、あくまで都市伝説の噂《うわさ》みたいなものだけどな。過去に戻ってやり直したいと思っているくらいの強い後悔を持っている奴が総武線の電車に乗ると、ここにたどり着くことがあるんだろ？　何度試してもなかなか来られなかったけど、ようやくたどり着いたみたいだな……」

思い願っていた場所に来たはずなのに、葛城の表情に笑顔は見当たらない。

そして駅員は、その言葉に補足して説明を加えた。

「……このまほろし駅になかなか来られなかったのには、条件が複数あったからだと思います」

「条件が複数？」

「ええ、ここにたどり着くには過去に戻ってやり直したいと思っているくらいの強い後悔を抱えているだけではなく、満月の夜、そして新小岩駅と平井駅の間の荒川と中川の上に架かる橋を渡っている時という条件があるんです」

「そんな細かい条件があったのか、どうりでなかなか来られなかったわけだ……」

そう言ってから、葛城は空を見上げる。

確かに通り満月が浮かんでいた。

「満月の夜か……、それにしてもそんな月の光が条件に含まれるなんて、やたらとメルヘンチックなところがあるんだな」

「……聞くところによると、月の光だけではなく、平井駅側の河川敷にある欅の木の力も関係しているらしいですけどね」

「欅の木？」

そう言われて葛城もその光景を思い出した。線路からだと川の上流側だ。すぐそばに立派な欅の木があった。何かの御神木になっていてもおかしくないくらいの大きな木で、その姿は走る電車からもよく眺めることができた。

まだあたりに桜が咲いていていたような春先の頃と比べると、今は葉が生い茂り、より一層存在感を増している。

ただ目の前の駅員の口ぶりは、そこまですべてに確証があるわけでもないようだった。

「聞くところによると、か……」

そうつぶやいてから、葛城は小さく首を振った。

今は些細なことはどうでもよかった。やっと、念願の場所に来ることができたのだから……。

「……月の光でも欅の木の力でも何でもいいんだ。ここに来れば過去に戻れることができるんだろう？　早く戻してくれ」

そして、葛城は吐き捨てるように言葉を続けた。

「俺の妻の命を奪った、あの忌まわしい災害が起こる前の日にな……」

○

——とある自然災害によって、葛城は妻の明里《あかり》を亡くしていた。

その時、葛城は傍にいなかった。

というのも葛城の仕事の出張時に、不意に起こった災害だったのだ。

その災害は葛城の妻だけではなく、多くの人の命を奪った。

あまりにも痛ましい災害だった。

葛城は嘆いた。

明里の命が奪われたことを嘆いた。

そして、自分自身の無力さを嘆いた。

苦しみ、悶《もだ》えた——。

なぜ、こんなタイミングでこんなことが起きるのだろうか。自分がその場にいたところでどうなっていたかは分からない。奪われる命が一つ増えるだけかもしれなかった。

自然の力の前には人間一人の力なんてあまりにもちっぽけだ。そんなことは葛城にも分かっている。ただそれでも明里のそばにいてあげられなかったことを悔やんでいた。

何か自分にできることはなかったのだろうか。

自分がそばにいればもしかしたら救うことができたのではないだろうか。

なんであんなことが起こったタイミングに限って、自分は明里の傍にいなかったのだろうか。

あまりにも馬鹿げていて、この上なくふざけている。

たまたまの出張のタイミングで自分だけが生き残ってしまったのだ。

なぜ自分は生きて、なぜ明里は死ぬことになったのか。

その違いが分からなかった。

その理由が分からなかった。

もちろん正しい答えなんてものは何もないのかもしれない。

ただ、その違いと理由に葛城は苦しんだ。

そしていつの間にか自分自身を責めるようになっていた——。

俺が出張で家を離れたせいで、明里を一人にしてしまった。

俺が傍にいなかったせいで、明里を救えなかった。

俺のせいで、明里を死なせてしまった。

苦しんで、一人で死なせてしまった……。

一人残された世界で、葛城も同じように酷い苦しみと向き合うことになった。責任、なんて言葉では済ませられないくらいの罪悪感が自分の身に降りかかってくる。

それだけで吐き気がこみ上げてきた。

「どうしようもないことだったんだよ」

誰かが、慰めの言葉でそう言ってくれたのを葛城は覚えている。

自然という巨大な存在を前にして、その言葉は確かに正しいかもしれない。

きっと為《な》す術《すべ》はなかった。

きっとどうしようもないことだった。

それでも、やっぱり葛城は自分に責任を感じてしまった。


——俺は、どうすればよかった？


あの日、出張に行くのをやめていれば……。

あの日よりも前に、一緒にどこか旅行にでも行っていれば……。

いやそれよりも前に、今の家の場所に住むのを俺が決めなければ……。

それどころかもしも、俺と明里がまだ出会っていなければ、きっとどこかでまだ明里は生きているはずだったのでは……。

俺と出会って結婚したせいで、明里はこんなにも早く死んでしまって……。

だから全部俺のせいで……。


考えても意味のない「たられば」をどうしても考えてしまう。

戻れるはずのない過去にまでさかのぼって、明里が生きる術はなかったのかと、ありえない空想を広げてしまった。

一種の現実からの逃避であったのかもしれない。

まともに目の前のことを考えてしまうと、自分がどうにかなりそうだったのだ。

だがしかし、そんな頭の中にある『たられば』をインターネットの検索エンジンにも無意識で載せていたのかもしれない。

とあるサイトに不思議な書き込みを見つけた——。


『まほろし駅っていう自分の人生の過去の分岐点に戻れる駅があるらしい』


過去の分岐点に戻れるというそのワードを見つけた時、葛城の心の中に、小さな明かりが灯った気がした。

——過去に戻れる。

それが本当なら明里を救うことができるかもしれない。

葛城は休職をしていたのもあって、ありあまった時間をその情報を集めることに費やした。明里が亡くなって以来、初めて何かに向かって真剣に取り組む自分がいた。

情報を集めること自体は難しくなかった。情報の真偽を確かめることの方がよっぽど難しかったからだ。

そして情報を精査する日々の中で、驚くべきことが起きた。まほろし駅に行ったことがあると発言する人物が、突如掲示板上に現れたのだ。

その人物は、「まほろし駅は本当にある、総武線の電車に乗ってみるといい」と一言だけ残した。それ以上の情報を発信することはなかった。嘘か本当かどうかも分からない。ただその時は、ちょうど掲示板上で、まほろし駅なんて誰かが作り出した架空の駅だ、くだらない作り物だ、などと批判する発言が相次いで集まった時のことだった。

その論調を否定するために、以前まほろし駅に行ったことがあるという人物が、いてもたってもいられなくなって発言したのかもしれない。「総武線の電車に乗ってみるといい」という具体的な言葉は、葛城の心をより一層摑むことになった。

ただそんな発言が出たにもかかわらず、まほろし駅が都市伝説のような噂以上の存在になることはなかったのだ。

それは、まほろし駅について語られたもう一つの情報が関係していたのかもしれない。

——過去の分岐点に戻って何かを変えても、現実に影響を与えることは一切ない。

この情報を聞いて、まほろし駅から興味を失った者は大勢いた。葛城自身も当初は大きなショックを受けた。過去に戻れるというものだから、昔観た『バック・トゥ・ザ・フューチャー』の映画のように、何か変えられるものだと思っていた。

そうでなければ過去の分岐点に行く意味なんてない。

あの日をやり直さなければ意味がない。

その気持ちが胸の中に強くあった。

それでも葛城が、まほろし駅にこだわり続けたのは、まほろし駅の存在そのものが、この時の葛城に生の執着を与え続けていたからだった。

その不可思議で朧《おぼろ》げな現実とは思えないような存在が、このあまりにも苦しい現実から目を背けたいと思っていた葛城の支えになっていたのだ。

そして葛城は、かき集めた情報を基に様々な検証を試みた。確かだと思える情報は、総武線の電車に乗ることと、新しい書き込みの中にあった、過去に戻ってやり直したいと思っているくらいの強い後悔を抱えている者のみが、たどり着くという二点だった。

それから葛城は毎日のように総武線の電車に乗り、何度も苦しみと向き合いながら後悔の念を車両の中でできる限り思い起こした。

ただこれは相当神経をすり減らすことになった。

自責の念と罪悪感に押しつぶされそうになる毎日。具合が悪くなり、吐き気を催して電車を降りることもあった。

それでもまた葛城は電車に乗った。

諦めなかったのだ。

どうしてもまほろし駅に行きたかったから。

ただ、それでもまほろし駅にたどり着くことは決してなかった――。

始発の千葉駅から乗って、何も起きることもなく三鷹《みたか》駅のホームにたどり着く度にどうしようもなくやりきれない気持ちになる。

電車の中にはたくさんの人がいた。千葉と東京をつなぐこの路線には通勤通学で使う人も多いが、休日になると友人や恋人、家族で出かける人の姿も多く見かけた。

「……」

その人波の中で、葛城は何度も死にたくなった。

なんで自分は一人でこんな馬鹿げたことをやっているんだろうか。

「……………」

何にすがっているのかも、もうよく分からなかった。

いつまでも過去に囚《とら》われている。

「……………」

もう何もかもが嫌になった。

まほろし駅の存在すらも、信じる気持ちが薄れていた。

心は、限界だった。


――そして、満月の夜が訪れる。

葛城は、ようやくまほろし駅にたどり着いたのだった――。

○

「……ここから過去に戻れるのが本当なら、俺をあの災害が起こるよりも前の日に戻してくれ」

葛城は、心の底から絞り出すように言った。

その言葉を聞いた後に、迷った顔をしたまま駅員が答える。

「……災害が起こるよりも前の日に戻りたいということですが、過去に戻って何かを変えても現実に何も影響を及ぼさないということはご存知でしょうか？」

葛城は当然のことのように頷いてから言った。

「……ああ、そのことは既に噂でも聞いていたから問題ない」

「そうですか……」

それよりも葛城は尋ねたいことがあった。

「……一つ聞きたいことがあるんだがいいか？」

「一つと言わずに、いくつでも大丈夫です」

快く答えた駅員に向かって葛城は質問をする。

「自分が戻りたい過去の分岐点はある程度自由に決められるのか？　例えば災害が起こる一週間前とか、もしくは一ヶ月前とか……」

「はい、自分が戻りたいと思える過去の分岐点の時のことを思い出せば、その瞬間に戻ることができます。そしてそこから自分が選ばなかったはずの選択肢を選んでいたら、どうなっていたかを知ることができる訳ですから」

「そうか……」

確かめるように呟きながら、葛城は神妙な顔になって質問を重ねる。

「……過去の世界から、このまほろし駅に戻ってくるのはどういうタイミングなんだ？」

「それは、ご自身が元の世界に戻りたいと心の中で思った時です。ですがその程度も人によって様々で、わずかにでも思ってしまうと戻ってきてしまうこともあったり、片や何か心残りがあったりすると、すぐには戻らなかったりすることもあるみたいですが……」

その言葉に少し考えるような顔をしてから、葛城は確認するように尋ねる。

「……じゃあ、元の世界に戻りたいと微塵も思わなければ、なかなかこっちの世界に戻ってくることもないという訳だな」

「確かに、そうはなるかもしれませんけど……」

駅員がやや困った顔になって言葉を返す。

「駅員だからといって、あんたがこの世界の全てのことを知っているわけではないんだな」

「そうなんです……。あくまで私はこのまほろし駅の八月の駅員なので……」

「まあいい、もう充分だ。それなら俺にとって過去の分岐点に戻る意味はちゃんとありそうだからな」

「そうですか……」

葛城の言葉に、多少不安そうな顔を見せた駅員だったが、そのまま話を進める。

「……では、準備ができた場合はまた電車の中に戻って座ってください」

「ああ、分かった」

葛城は言葉のままに、電車の座席に座る。

今度は一緒に駅員も乗り込んできて、葛城に向かって改めて尋ねた。

「……先ほど過去のどの分岐点に戻るかについて尋ねていましたが、どうされますか？」

「……災害の起こる一ヶ月前にしようと思う。その時に戻りたいと俺が心から強く思えば可能なんだよな？」

「ええ、ちょうどその一ヶ月前に分岐点となる瞬間があればですが……」

「分岐点となる瞬間か……」

そう言ってほんの少しだけ考え込んだ顔をしてから葛城は言った。

「……あった。明里と一緒に少し遠出して出かけたことがあったんだ。その時に選択肢に迷うようなことがあったから、その時の分岐点に戻ろうと思う」

「分かりました、それでは電車のドアが閉まった後に、その瞬間に戻りたいと強く願ってください。電車が再び動き出しトンネルを抜けた後は、その過去の分岐点の世界へと通じているはずです」

「ああ、分かった」

そう言ってから、駅員が席から離れるタイミングで葛城はこう言葉を続けた。

「……ありがとう、世話になったな」

まるで最後の別れのような言葉に、駅員は戸惑う顔も見せたが、そのまま電車を降りていった。

「それでは、よい旅を……」

最後にそう言った駅員の言葉が、なんだか葛城の耳にはやけに残った気がした。

それから一人残された車両の中で、葛城は強く願う。

——災害が起こる一ヶ月前、あの明里との旅行が始まる瞬間に戻りたい。

葛城が心の中でそう思うと、電車がゆっくりと動き出した。

そして徐々に加速していってトンネルの中を突き進んでいく。

――ガタンゴトンッ。

――ガタンゴトンッ。

それから長いトンネルを抜けると、真っ白な光が葛城を包み込んだ――。

◇

目が覚めると、電車の中だった。

また電車。

失敗したのかと思ったけど、違った。

「次は横浜ー、横浜ー」

車内アナウンスが流れたのと同じくらいのタイミングで隣から声がする。

「着いたら最初はどこへ行こうか。中華街もいいし、赤レンガとかみなとみらいの方もいいよね」

――その声を聞いただけで、心臓が震えた気がした。

懐かしいなんてたった数文字の言葉では済ませたくないような、そんな温かみのある声だった。

ずっと、もう一度だけでいいから聞きたいと思っていた声だった——。

「ねえ、ちゃんと聞いてるの真一？」

返事がなかったのを不思議に思ったのか、彼女はもう一度俺に向かって言った。

明里だ。

明里の声だ。

「あぁ……」

目の前の光景に戸惑ってしまう。隣にいるのは紛れもなく明里だった。

やっぱりあのまほろし駅の都市伝説は本当だった。

本当に俺は過去に戻ってきたのだ。

現実世界では、もういなくなってしまったはずの明里が、また俺の目の前にいた——。

「で、そしたらどっちにする？　中華街か、みなとみらいか」

明里はさっきの質問の答えを促した。

俺はこの小さな選択を過去に戻ってやり直したい分岐点としていたのだ。そして狙い通り、この瞬間に戻ってこられた。

なんとか心を落ち着けようとする。今の明里にとっては、何気ない日常のいつも通りの一日だ。俺もここは自然体でいなければいけない。そして答えは、過去とは違った選択肢にするつもりだった。

ここは、過去の分岐点なのだから。

「……そうだな、乗り換えて桜木町《さくらぎちょう》で降りて、先にみなとみらいの方に行ってみようか。それから歩いて中華街の方まで行くのもいいだろうし」

「そうね、そうしよう。それなら港の見える丘公園とかも通っていけるだろうし」

「ああ、決まりだ」

以前に来た時は関内《かんない》まで行って、先に中華街に寄った。肉まんや焼き栗を食べ歩き、それからみなとみらいに向かったのだ。楽しい一日だった。笑顔が絶えなくて、明里は街並みを眺めているだけでも笑っていた気がする。

その行程がみなとみらいの方から先に行ってみたところでどう変わるか分からないが、こんな些細なことでも過去の分岐点に違いないのなら、何か変化は生まれるのかもしれないと思った。

「――横浜、――横浜」

「行こう」

車内アナウンスが流れるや否や軽やかに席を立った明里の後に、遅れて俺も腰を上げる。

「ああ」

今は、ほんの少しだけ後ろを歩きたいと思った。

明里が、ずっと自分の視界の中に居てほしかったから。

明里がもう一度そばにいる奇跡のような時間を大切に過ごしたいと思った。

まだどの観光名所にもたどり着いていないのに、俺は既に幸せだった。

「こんな綺麗なところがあるなんて知らなかった……」

行き先の選択肢を変えたことで、早くも一つ違いが生まれていた。

「俺もここには初めて来たな」

前後を海に挟まれた、大さん橋という場所に来ていた。ここは船のターミナルだが、海に突き出たウッドデッキの上を歩ける観光スポットのようにもなっている。でも以前に来た時は、この場所は素通りしていた。今回は海沿いに歩いたのがよかったのかもしれない。

思いがけない発見だった。景色だけで言えば、この横浜を眺めるのなら、ランドマークタワーの展望台や、コスモワールドの観覧車の上などもっといいところがあるだろう。ただこの人気《ひとけ》も少ない中での、海と風が調和したような場所だからこその良さがあった。その良さを俺と明里は同じように感じ取っていた。

そのまま歩いていくとたどり着いたのは、港の見える丘公園だった。こっちまで来ると人出が多い。散歩をしている人の姿や、ベンチに座って談笑している人の姿も目立つ。小さな人だかりができている場所を見つけた。

「ねえ、マジックショーだって！」

明里が子どものように目を輝かせて言った。そしてその場に俺を置いて、輪の中にすぐに加わってしまう。俺が追いつく頃には、準備万端の様子で最前列の位置を陣取っていた。前に俺がこの場所を通り掛かった時は、こんなショーは行われていなかった。これもやっぱり先にみなとみらいに行くことに決めたのが、きっかけなのかもしれない。にわかに小さな人の輪が大きな人の輪になっていくと、満を持してマジシャンのショーが始まった。

「皆さんようこそお集まりいただきました、只今よりショーの始まりです。魔法のような時間をしばしお楽しみください」

そう言ってからマジシャンは、まずはボウリングのピンのようなものを三本持ってジャグリングを始める。それから本数を四本、五本と増やしていって、観客からの歓声が上がるとすべてのピンをキャッチしてお辞儀をした。

マジックショーというよりは、半ば大道芸のような始まりだった。でもそれも開けた場のために用意したものなのかもしれない。観客の心はがっちりと摑んだようで、最前列で眺めていた明里の心ももちろん鷲摑《わしづか》みにしていた。瞳をキラキラとさせて拍手を送っている。

ジャグリングの後には、ステッキを使ったマジックや、火を吹いた後に何もないところから突然鳩が現れるマジックが行われた。確かに手品であり魔法のようだった。周りの子どもたちは、魔法使いを見つめるかのように熱い視線を送っている。

「それでは最後にとっておきのイリュージョンです！」

マジシャンが高らかに告げると、離れた場所にいたアシスタントが大掛かりな箱のセットを持ってきた。

「今から人体消失をお見せしましょう、誰か勇気のある挑戦者はいらっしゃいませんか？」

人体消失という言葉をちゃんと理解できたのかは分からないが、何か目の前で繰り広げられるものものしい雰囲気に、傍で見ていた子どもたちは怖じ気付いているようだった。参加の手はなかなか上がらない。

でも、そんな時だった。

「はい、私がやります」

誰からも声があがらず、マジシャンも困り果てていた中で手を上げたのは明里だった。

「これはこれは、勇気ある挑戦者に拍手！」

マジシャンも安堵した顔を見せる。そして周りの子どもたちも、まるで魔王に戦いを挑む勇者に向けるかのような羨望の眼差《まなざ》しで、明里を見つめた。

「じゃあ行ってくるね」

俺にそう言ってから、明里は手を上げて周りの拍手に答えた。

そして最後のイリュージョンが始まる。

明里の体が大きな箱の中に収まり、紫色のシーツがかかるとスピーカーから流れる音楽が大きくなった。そして次の瞬間、シーツが取り払われて箱の中があらわになると、明里の姿は忽然と消えていた。大人も子供も声を上げて驚いていた。

「……」

俺はというと、何か訳が分からないけれど不意に悲しみに襲われていた――。

これはただのイリュージョンで、種も仕掛けもあるまやかしのはずなのに、明里が消えてしまったという事実だけをまざまざと受け止めてしまった。

ある意味、こんな風に明里は突然消えてしまったんだ。

——そして、もう二度と会えなくなった。

マジックならば……、イリュージョンならば……、どれだけよかっただろうか。

すべてはまやかしだったと言って欲しかった。

それからマジシャンが再びシーツをかけて、音楽を流してもう一度そのシーツを取り払うと、明里が姿を現す。

手を振って笑って観客の拍手に応えた。

「……」

こんな風に現実でも現れてくれればよかったのに。

そしたら俺はどれだけの拍手をして、彼女を笑顔で迎えただろうか。

そんな風に思うこと自体がまやかしなのかもしれないけれど——。

「すごいびっくりしたような顔してる」

俺の隣に戻ってきてから明里がそう言った。

「そうかな?」

「うん、今にも泣き出しそうなくらいに」

「感動したんだよ」

「マジックショーに？」

「いや、明里がもう一度現れたことに」

俺がそう言うと、明里もびっくりしたような顔をしてから小さく笑って言った。

「何度でも現れるよ」

えへへ、と笑う彼女を心から愛《いと》おしく思った。

本当に、明里はこうしてもう一度俺の前に現れてくれたのだ。

こんな魔法のような時間が続くのなら、今はマジックでもイリュージョンでもまやかしでも、なんでもよかった。


——残り、三十日。

◇

次の日は江《え》ノ島《しま》に来ていた。人の数こそ横浜より少ないけれど、密集度合いで言えばこっちの方が勝っている気がする。入り口付近のたこせんべい屋には行列ができていたし、店の中もどこも混み合っていた。

　ひとまず江ノ島の山頂まで登ることにした。山頂といっても、島特有の地形の高低差を歩くようなものなので険しい道のりではない。

「ふぅ、到着」

　あっという間に山頂にたどり着くことになった。ソフトクリームを食べて、地球が丸く見える丘から景色を眺める。左手に三浦《みうら》半島、右手に伊豆《いず》大島から伊豆半島が見えた。確かにその名の通り、地球が丸く見える。

　それから視界に入ったのは、空を悠々と飛ぶ数羽の鳶《とんび》だった。

「ねえ知ってた？　鳶と鷹《たか》と鷲《わし》ってみんな同じ鳥のことで、大きさが違うだけなんだよ」

　明里は得意げな顔で言ったけど、俺は前にこの場所に一緒に来たときに、明里が同じことを言っていたのを覚えていた。

「そうなんだ、知らなかった」

　でも知らないふりをした。

「なんかリアクションが悪いなあ……」

　結局すぐに怪しまれてしまった。

嘘をつくのは苦手だ。

「じゃあね、実はね、イルカとクジラも大きさが違うだけで一緒の生き物なんだよ」

「ほ、本当か！　そ、それは知らなかったあ！」

「なんか嘘くさいなあ……」

「……」

演技をするのはもっと苦手だ……。

最初から普通に知っていると言えば良かったのかもしれない。

ただ昨日とは違って、江ノ島では過去に来た時とほぼ同じような過ごし方をしていた。それも選択肢を何も変えなかったからだろう。昨日はみなとみらいに最初に行ったことで、大さん橋という場所を見つけて、そしてあのマジックショーにも出会った。

でもそれが大きな変化をもたらしたかといえば、そうではないのかもしれない。

俺は一緒に大さん橋にいる時も、マジックショーを見ている時も幸せだった。

最初に中華街に行っても一緒だったと思う。肉まんを頬張る明里を見ても、よく味の違いもわからないのに高級そうなウーロン茶の茶葉を買って満足そうにしている姿を見ても、俺はきっと心から幸せになったはずだ。

だからここで何をしたかとか、何が起こったかということは大切ではなかった。俺にとって大切なのは、明里がそばにいることだった。

ただそれだけで幸せだったんだ。

「ねえ、フリーマーケットだって！」

一度麓まで降りてきて駐車場の辺りまでやってきた時、明里がそう言った。港の見える丘公園でマジックショーを見つけた時とそっくりだった。

俺の腕を引っ張って、人だかりの中に突入していく。このフリーマーケットには以前来た時は立ち寄らなかった。気づきもしなかったのだ。今日は前よりもほんの少し頂上で過ごす時間が長かっただけだ。でも横浜の時もそうだったけど、些細な選択肢を変えるだけでこうも出会うものが変わることに小さな驚きを覚えていた。

「なんだかフリーマーケットっていいよね、小さなお祭りみたいで」

明里はそこかしこに並べられた商品に目を向けながら楽しそうに言った。

「並んでいるものがそれぞれ違うのが面白いのかもな。売っている人自身のことも透けて見えるような気がするし」

「分かる！　流行のものとかたくさん並んでいると、熱しやすく冷めやすい人なのかなとか、年季の入ったものとか並んでいると、物持ちが良くて大切にする人なんだなあとか思うもんね」

明里が俺の思っていることをうまく説明してくれたので、それ以上説明する必要はなくなった。本当にその通りだった。

「まあ俺は自分自身がフリマで出店することはないだろうけどな」

「えっどうして？　一回くらいやってみたらいいのに」

明里がキョトンとした顔を向けてきたので俺も答えた。

「なんだかわざわざこんなに準備して揃えて売り出すなんて手間がかかりすぎる気がしてさ、それならいらなくなったものは捨てればいいと思うし」

「分かってない、真一は分かってない！」

明里からの強い訂正が入った。この件に関してはさっきと意見はまったく違ったみたいだ。

「なにが分かってないんだ？」

「捨てちゃったらそれでおしまいでしょ、でも自分が大切に使ってきたものが、また他の誰かの手に渡るからそれがいいんじゃない」

確かに、その通りだと思った。

さっきまでの自分とは全く反対の意見だったはずなのに。

「……そしたら、いらなくなったものを他の誰かにあげるのもありだな」

俺がそう言うと明里はうなずいて、でもそれから小さく首を傾《かし》げて言った。

「……けどちょっぴりお小遣いも稼げるから、フリマに出すほうがいいかなあ」

「もしかしたらそっちが真の目的なんじゃないか？」

「そ、そんなことないよ！　でもこういうところでお金で食べるご飯ってなんだか美味しく感じたりするよね」

「それは確かにそうだな」

話が横道に逸れていくのと同時に、明里の興味も既に、フリーマーケットのエリアの端の店に向いたようだった。

「ここはまた雰囲気が違うね」

確かに植物や野菜まで売っていて、他とはまた違った空気感を醸し出しているお店だった。ほんのわずかな緑の空間なのに何か癒される気がする。植物にはそういう特別な力があるのかもしれない。

思えばまほろし駅の駅員は、過去に戻れる不思議な力は満月だけではなく、河川敷の欅の木も関係していると言っていた。あの場所に一度行ってみるのも良いだろうか。ただ行ったところで過去に戻れる不思議な力の全容が、明らかになるとは思えないが……。

俺がそんな考え事を始めた時、明里が声を弾ませて言った。

「これ、買おう！」

明里が目をつけたのは、ミニトマトの苗だった。

「ほらさっきさ、自分たちで直接稼いだお金で食べるご飯は美味しいって話をしたじゃない、だから自分たちで育てたミニトマトなんてますます美味しいと思うんだよね」

「そうか、思えば今までも全部それが真の目的だったんだな」

「どういうこと？」

「すべて美味しいものを食べるのが真の目的」

「うーん、当たらずといえども遠からず！　かすってるね、中心にかすってる！」

「それ弓道ならバッチリ大当たりだぞ」

そんなことを言って二人で笑い合った。

やっぱりこんな時に心から幸せだと思えた。

もちろんミニトマトの苗も買うことにした。

そのミニトマトが実をつけるのは、約一ヶ月後ということだった。


――残り、二十九日。

◇

次の週は、夕方になってから幕張の浜をドライブした。同じように沈む夕日を見るために集まっている人たちが何人かいて、夕日が完全に沈むと同時にみんなもその場から離れていった。

だけど明里は、「もう少し延長してここにいたい」と言って、その場をすぐには離れようとしなかった。だから俺も一緒に、空が暗くなるまで隣にいた。

ただ帰路についた時、明里はずっと夕日を見続けていたせいなのか、「目がああぁ、目がああぁ」と大袈裟《おおげさ》に唸《うな》っていた。『天空の城ラピュタ』のムスカ大佐のモノマネだと俺は家に帰るまで気づかなかった。

後でそのことを怒られた。


――残り、二十五日。

◇

明里が、美味しいパンが食べたいと言ったので、津田沼の奏《かなで》の杜《もり》にあるパン屋さんに行った。コーンパンにカレーパンにメロンパン、コロッケパン、サンドイッチ、明らかに買いすぎたと思ったけど、近くの広い公園でレジャーシートを広げて食べると、いつの間にか平らげてしまった。

一応食後の運動でバドミントンをするために道具を持ってきてはいたが、満腹で動くことができなかった。明里は近くで走り回っている子どもたちを、幸せそうに眺めていた。

俺はそんな明里の横顔を眺めていた。

もちろん俺も幸せだった。

ベランダに置いたミニトマトの苗も日を追うごとに成長していた。

——残り、二十一日。

◇

今日は天体観測をする予定だったけど、あいにくの天気だったから急遽《きゅうきょ》予定を変更して、千葉駅から歩いて行ける距離にある、複合施設『きぼーる』内のプラネタリウムを見に行った。

プラネタリウムは、映画館や水族館とはまたどこか異なった雰囲気のある、穏やかで幻想的な非日常の空間だった。上映が終わったにもかかわらず、一番席を立つのが遅かったのは明里だった。

でも、「今日は延長はしなくて大丈夫だよ」と笑って言った。

――残り、十八日。

◇

京葉線を使って南船橋駅で降りて、ＩＫＥＡに行った。色んな家具を見たけどたいして買い物はせず、最後に帰る前にホットドッグとソフトクリームを食べた。明里はケチャップとマスタードをお店の商品のように綺麗にかけることができて自慢気な顔をしていた。

そのままらぽーとに行って、服屋や雑貨屋、本屋にも行った。まだ歩き足らずにそのまま道路を挟んだ隣の施設のビビット南船橋にも行ってまた本屋に寄った。お店毎に取り扱っている商品にも違いがあるようで、明里はさまざまな本の並んだ棚を興味深げに眺めていた。

帰りは少し歩いて京成線の船橋競馬場駅から帰ることにした。電車に乗る頃には歩き疲れたのか、明里はすぐに眠ってしまった。

俺は眠ることはなかった。

窓越しに映る明里の寝顔を見つめていた。


——残り、十二日。

◇

沿道に咲く、赤い花を見つけて俺が足を止めると、「サルスベリの花だよ」と明里が教えてくれた。漢字では百日紅と書くらしく、百日くらい長く咲く赤い花だと教えてくれた。

スマホで花の前に立って写真を撮ることにした。

「明里、もっとリラックスして笑ってくれよ」

俺は何度もそう言ったけど、明里の笑顔はぎこちなかった。

改めてカメラを向けられて写真を撮られるのは、どうも恥ずかしいらしい。

でも後半からは、力もすっかり抜けて良い写真がたくさん撮れた。

真っ赤なサルスベリの花に囲まれた明里はとても綺麗で、同じようなポーズなのに、何度もシャッターを切ってしまった。

「撮りすぎだよ、もう一〇〇枚くらい撮ってるもん」

明里が照れと呆れを半々にさせて言ったので、締めの一枚を撮った。

「これで一〇一枚だな」

と俺が冗談を言うと明里がとても自然に笑ったので、一〇二枚目の写真も撮った。

——残り、九日。

◇

「木を見に行こう」

この日は珍しく、俺から行き先の提案をした。

この頃になると俺は、仕事はもう完全に休みをとって、明里との時間を過ごすのに費やしていた。

今までは過去で過ごした時と同じ生活を、そのままなぞって過ごしていたけど、今日はどうしても二人で行きたい場所があって、自ら提案をしたのだ。

「木ってそんな仰々しく見に行くものだったっけ？」

「結構仰々しい木があるんだよ」

サルスベリの花を見て、思い出したのもあるかもしれない。

どうしてもその木を明里に見せたかった。

総武線の電車に乗ってから一緒に向かったのは平井駅だ。平井駅の北口を出て、右に曲がってからほぼまっすぐに通りを歩く。するとそんなに時間もかからないうちに荒川の河川敷にたどり着いた。隣には中川が流れていて、中川と荒川の間の陸地の上を首都高速道路が走っている。ここからだとそれ自体が延々と続く大きな橋のようにも見えた。

ただ目の前に広がる視界の中で、一番存在感を放っていたのは一本の木だった。

あの欅の木だ。

「これは……」

明里が、木を見上げて声を上げた。

「仰々しい木だね」

「だろう」

駅員も話に出していた木。

満月とともに過去の世界へ戻すことのできる不思議な力を持つ木だった。

今が最盛期のように葉が生い茂っていて、ここが東京の二十三区内ということすら忘れさせる気がする。どこか旅先の自然の中にでも来ている気分だった。

「見てほら、全然届かない」

俺がほんの少し目を離した隙に、明里は木に腕を回していた。半分くらいしか手が届いていない。それほどに幹もしっかりとしたものだった。

「なんだかそうやって触れると、ご利益がありそうな気がするな」

俺がそう言うと、明里は何か思い出すような顔をした。

願い事でも言うのかと思ったけど違った。

「ねえ知ってた？　外国の人って何か願い事をするときに木を触るらしいよ」

「えっそうなのか？」

それは知らなかった。前の鳶と鷹とかイルカとクジラの話と違って聞いたことがない。この場所に来るのも初めてだったからだろうか。

やっぱりほんの少しのことで、目の前の世界は変わっていくものらしい。

「良いリアクションするねえ」

明里は嬉しそうに笑ってから言葉を続けた。

「でもね木って言っても、本当に土から生えてる木とかじゃなくて、木材なら何でもいいらしいよ。例えば机とかタンスとか、ドアの一部の木目とか、そういうのでもありなんだよ」

「結構そこは大雑把なんだな」

「大雑把だけど不思議だよね。神社の御神木みたいなものは元々ないのに、木をそういう特別なものとして扱っているのって。やっぱり木とか自然って、特別な力がある気がするからかな」

明里が目の前の欅の木に手のひらを重ねる。

目を瞑って、何も喋らずにそのまましばしの時間が経つ。

何か願いをかけているようだった。

傍の鉄橋の上を電車が走る。

総武線の電車だ。

千葉方面へと、けたたましい音を立てて走り去っていく。

ダダダンッ――。

ダダダンッ――。

電車の姿が見えなくなる頃には、明里は空を見上げて、覆い被さるような葉の一つ一つをじっと見つめていた。

「……何を願ったんだ?」

俺が質問をすると、明里は小さく笑った。

「こういう願い事は口に出すと叶わなくなっちゃうから言わない方がいいんだよ」

「神社の御神木みたいな言い方するなよ」

明里が、もう一度笑った。

俺のいくつかあった願い事は、そこで一つは既に叶った気がする。


――残り、七日。

俺の好物のハンバーグを明里が作ってくれた。
玉ねぎが粗くみじん切りにされた、俺の大好きなものだった。
本当に美味しかった。
ベランダに置いたミニトマトに小さな実がついた。

——残り、六日。

明里の好物のカルボナーラを俺が作った。
「卵が少し固まっちゃってるね」と指摘が入ったけど、明里は猫が皿をなめたのかと思うくらい綺麗に平らげていた。

——残り、五日。

朝から雨が降っていたので、家で映画を三本立て続けに観た。
『アメリ』
『グッド・ウィル・ハンティング』
『アストロノーツ・ファーマー』
明里の選んだ映画は面白いものばかりだった。
ミニトマトの実ももうすぐ収穫できそうなくらいに成長していた。

――残り、三日。

近所を散歩した。日が沈むのが早くなって、青い空の色がほんの少し薄くなった気がする。
きっと、もうすぐ夏が終わる。

——残り、二日。

家で一緒に、ただ何気ない一日を過ごした——。

——残り、一日。

◇

次の日、目を覚ますと隣にはまだ眠っている明里がいた。

穏やかに寝息を立てる顔をしばし見つめる。

すると気配を感じたのか、明里がおもむろに目を覚ました。

「おはよう」

「……起こしてくれればよかったのに」

まだ寝ぼけまなこで明里が言った。俺がベッドから起き上がると、明里も小さく伸びをして立ち上がる。

いつもの何気ない朝の支度を始めた。

俺がコーヒーを入れて、明里がトーストを焼く。

ジャムを取り出すのは俺の役目で、ヨーグルトを皿に取り分けるのは明里がやってくれた。

「今日は良い天気ね」

朝食を食べ終えた後に、明里が良く晴れた空を見つめて言った。

俺も同じように空を見つめる。

今日この後すぐに甚大な被害をもたらす災害が起こるなんて、微塵も感じさせない澄み切った青空が広がっていた。

「ああ、良い天気だ」

残りのコーヒーを口に流しこんで俺も答える。

何気ない日常。

いつもと変わりのない一日。

今日も、そういう日のはずだった。

でも今日はそういう日にならないことを俺だけが知っている。

「……あの時の願い事、今なら教えてくれるか？」

思い出したように、そばにいた明里に向かって尋ねる。

すると少しだけ悩むような顔をしてから明里が言った。

「それ、私がちゃんと答えても笑わない？」

「笑わないよ」

「絶対？」

「絶対」

「絶対なんてこの世界にはそうそうないんだよ」

「じゃあ自分からそう言うなよ」

明里が小さく笑う。

お得意の冗談だったようで、答えをすぐに教えてくれた。

「真一の願い事が叶いますようにって、願ったんだよ」

「俺の願い事が叶いますように……」

予期していなかった言葉だった。

でも、その言葉を聞いて思い当たる節があった。

「だからか……」

俺が呟くと、明里は不思議そうな顔をした。

「だからか、ってどういうこと？」

「明里の願いが叶ったってこと」

「そうなの？」

「ああ」

「そうなんだ」

そう言ってから、明里は叶った俺の願い事の内容については追求してこなかった。

俺の言葉を聞いただけで満足したようだったのだ。

「あっ」

ただ俺はそこで、あることを思い出した。

「ミニトマト」

「あっ」

俺が単語をつぶやいただけで、明里もすぐに思い至ったようだった。

昨日の夜、収穫できるくらいのミニトマトがようやく結実していたのだ。それで明日の朝に食べようと話をした。俺もこの日に食べるのがふさわしいと思っていた。

それなのにすっかり忘れていた。

「デザート代わりに食べようよ」

明里が笑ってそう言って立ち上がったので、一緒にベランダに行く。せっかくなら収穫は二人で一緒にしたいと思った。

でもそこには想像もしていなかった光景が待っていた。

「あっ……」

さっきの声とは明らかに違った、落胆を隠すことができずに、思わず漏れた声だった。

「まいったねぇ……」

そこには鳥か何かが食い荒らした痕跡だけが残っていて、あれほどたくさんなっていたミニトマトが一つ残らず潰れてしまっていたのだ。

「せめてあと一日待ってくれれば良かったのに」

「……鳥もきっとベストのタイミングを狙ったんだろうな」

それにしてもあまりにもタイミングが良過ぎる。

こんなことにならなくたっていいじゃないか。

俺にとっても、ミニトマトにとっても最後の一日だったはずだ。

それなのに、こんな最後を迎えてしまうなんて……。

「……俺のせいだ」

思わず、呟いてしまっていた。

「……俺が昨日の夜ちゃんと家の中にしまっておけば」

本当に、そう思っていた。

潰れたミニトマトを見て、余計なことまで思い返してしまっていた。


——あの日のことだ。


なんでこうなるんだろう。

なんでこんなにもうまくいかないんだろう。

後悔はいつまでも消えてくれなかった。

もっと俺にはやれることがあったはずだ。

災害が起きる前に、明里をどこか遠くの安全な場所へ連れて行ってやることができたんじゃないだろうか。

たとえ災害が起きたとしても、俺がそばにいたら明里を救うことができたんじゃないだろうか。

もしもそうだったら、明里ともっと一緒に居られたはずだ。

俺が、明里を救わなければいけなかったのではないだろうか……。

後悔が、何度も押し寄せる。

罪悪感に、今でも押し潰されそうになる。

俺があの日――。

俺のせいで――。

――でも、その時だった。


「ねえ、真一」

明里が俺の名前を呼んだ。

それはマジックショーを見つけた時や、フリーマーケットをやっているのを見つけた時のようなものとは違って、とても温かくて柔らかなものだった。

その言葉を聞いただけで、俺は今にも泣き出しそうになるくらいに――。

「そんなの神様にしかできっこないよ」

そう言ってから明里は言葉を続けた。

「……ううん、きっと神様にだってできないと思う。未来が全部分かっている人じゃなきゃ無理だよ、そんな人なんていないもん。だから真一にも私にも誰にもそんなことできっこないんだよ」

「明里……」

「だって本当にそう思うよ。真一のせいだなんてそんなことありえないよ。だってちゃんと毎日水もあげてくれてたし、丁寧に育ててくれたじゃない。ミニトマトだって今までありがとうって言ってくれてると思うよ。それにおいしい食事にありつけた鳥たちもね。真一がここまでやれることは全部ちゃんとやったんだよ。だからそれでいいんだよ」

明里は、ミニトマトの話をしている。

でも俺にとってはそれがどうしても、あの日の俺の後悔のことを話しているようにしか思えなかった。

だから俺の言葉は、どうしてもそこで詰まってしまう。

「本当に……、そうかな……」

「うん、そうだよ」

「本当に……？」

「絶対、そうに決まってるよ」

明里は俺とは正反対に、絶対という言葉を使ってそう言ってくれた。

明里が言うと、本当にそう思えてくるから不思議だった。

うまく言葉が出てこなくて、代わりに瞳から涙がこぼれ落ちそうになってくる。

でもここで涙を見せるわけになんていかない。

ミニトマトを収穫できなかったことがそんなに悔しいのかと、きっと明里に笑われてしまうはずだから。

でも明里からしたら、俺の心のわずかな変化がすぐに分かったのかもしれない。

瞳がほんの少しだけ真剣なものに変わった。

それからまっすぐに言葉を続けてくれた。

「……真一は真面目だからさ、どうしようもなく説明のつかない理不尽なことが起こった時、運が良かったとか運が悪かったとか、そういうせいにしたくなくて、自分に責任があるって思い込んじゃうんだと思う。そっちの方がちゃんと原因と結果が結びついている気がして説明がつけられるからね。……でも、そんな風にすべてのことが自分に責任があるなんて思って自分を責めないで。……そんなの苦しいだけだよ、自分のことを許してあげていいんだよ。真一の周りにいる大切な人だって、そう思っているはずだよ。……だって私がそうだもん」

そして明里は、俺の瞳をまっすぐに見つめて言った、

「――真一は今までよくがんばったよ、ありがとう。私は心の底からそう思っているから」

その瞬間、涙がこぼれ落ちてきた。

もう、あまりにもどうしようもないことだった。

言葉が俺の胸の中をまっすぐに貫く。

その言葉はすぐに温かくて柔らかなものに変化して、体の隅々にまでじんわりと広がっていった。

「あぁ……」

涙が溢れ出てくる。

俺にはその涙を止める術なんてない。

今までずっと、そんな風に思うことなんてできなかった。

どうしようもなかったことを自分のせいにして、無理やり納得させていた。

自らを追い詰めて因果をはっきりとさせた方が、まだ目の前の理不尽なことに説

明をつけられる気がしたから。

でもそうじゃなかった。

自分のことを責めなくていいと、自分のことを許してあげていいんだと明里が言ってくれた。

ありがとうと言ってくれた。

その言葉が嬉しかった。

明里の言葉が、救ってくれた――。

「明里……」

俺は精一杯振り絞って、目の前の大切な人の名前を呼んだ。

突然泣き出してしまった俺を見て明里は、ほんの少しだけ困ったようにしてから笑った。

そして俺のことを柔らかく抱きしめてくれる。

「急にどうしちゃったの真一、大丈夫だよ、大丈夫」

「明里……」

それでも涙は止まらない。

止まる訳がなかった。

こんなにも切なくて、こんなにも嬉しいことがあるなんて思わなかった。

感情が溢れ出てしまったのだ。

俺はやっぱりこの過去の世界に戻って来られて良かったと思った。

何か過去を変えられなかったとしても、そんなことは関係なかった。

だって俺は――。
嘘でもまぼろしでもなんでもいいから、
もう一度、君に会いたかっただけだから――。

「……ミニトマトは少し残念だったけどさ、そしたらお昼はトマトソースのパスタでも食べに行こうよ」

明里はきっと、俺のことを笑わせようとして突然そんなことを言った。

「……トマトソースよりも俺はナポリタンが好きだな」

俺も明里を笑わせようとして、そう言った。

「そしたら幕張の星乃珈琲店に行こうか」

「……ああ、それはいいな。でもそういえばセブンイレブンの金の蟹トマトクリームパスタも美味かったよな」

明里は俺のことをまたぎゅうっと抱きしめながら言った。

「あの冷食のやつ美味しいよね。でもそしたら夜は何がいいかなあ、元気になるようなスパイスの効いた辛いインドカレーとかいいなあ」

「そしたら新検見川《しんけみがわ》のシタールにしよう」

「それは楽しみ。免許センターの向かいのところも美味しいよね」

「確かにあそこもいいよな」

このうえなく温かいものに包まれたまま、いつものような会話が続いていく。

「後はね、バンジージャンプもしてみたい」

「それならマザー牧場があるさ」

「後は冬になったら綺麗なイルミネーションも見たい」

「それもマザー牧場で見られるし、後は東京ドイツ村に行ったっていい」

何気ない一日。

「ドイツと聞いたら美味しいソーセージが食べたくなっちゃったな」

「習志野《ならしの》市には、習志野ソーセージがあるぞ」

「そういうの屋台で食べたいよね、お祭りが始まるのも楽しみ」

「ああ、楽しみだ」

いつもと変わらない、なんてことのない一日――。

「屋台で食べる焼きそばは特別な味がするよね」

「さっきから食べることばっかりだな、やっぱり明里は美味しいものを食べるのが真の目的なんだな」

「ばれたか、さすがにもう隠し通せなくなってきたよ」

「花よりトマトを選んだもんな」

「バンジージャンプとかイルミネーションの話もしてごまかしたんだけどなあ」

「確かにそうだった、危うく騙されるところだったよ」

「でもいろんなところに一緒に行きたいのは本当だけどね、江ノ島もまた行こうよ」

「ああ、行こう」

「ほかのところにもたくさん行きたいね」

「ああ、そうしよう」

「楽しみだなあ」


「なあ、明里」

「どうしたの？」

「ありがとうな」

「急にどうしたの？」

「急に言いたくなったんだ」

「そっか」

「ねえ真一」

「んっ？」

「ありがとうね」

「俺の方こそありがとう」

本当に、ありがとう――。

――。

――。

○

――葛城は、まほろし駅に戻ってきた。
葛城が過去の分岐点で変えたのは僅かなものだった。
最後の日に起こるはずだった出来事すらも、何も変えようとはしなかった。
最後は大切な人と、ただありのままの日常を過ごした。

「俺はただ……、もう一度……」

でも、葛城にとってはこれで良かったのだ――。

「もう一度だけでいいから、明里に会いたかった……。ここにきた理由はそれだけだった。それだけでよかったんだ……。その願いを、明里が叶えてくれたんだ……」

あの日、欅の木の下で葛城が願ったこと。

それはもう一度、明里に会いたいということだった。

このまほろし駅の噂を聞いた時も、そのことだけを願った。

過去なんて変えられなくても良かった。

現実に影響なんて何も及ぼさなくてよかった。

ただ葛城はもう一度、明里に会いたかった。

それだけだった――。

「葛城さん……」

まほろし駅で持ち続けていた駅員が、葛城の名前を呼ぶ。

すると葛城は、その言葉に答えるように言った。

「……駅員さん、俺……救われたよ」

葛城は、言葉を続ける。

「過去を変えたわけでも何でもないのに、本当に救われた気がするんだ……」

葛城は、言葉を続ける――。

「俺は、この世界をちゃんと生きるよ……。前を向いて、笑って生きようと思う。そうした方がきっと明里も笑ってくれている気がするから」

葛城にとってようやく本当にそう思えた気がした。

まほろし駅にたどり着くのに時間がかかったのも、今思えばよかったのかもしれない。

きっと明里が亡くなってすぐには、どうやってもそう思うことはできなかったはずだ。

でも今こうして少し時間が経ってから、過去の再会を通して思うことができたのだ。

葛城の言葉に、駅員もゆっくりと頷く。

最大限の肯定と賛辞を意味していた。

そうしてほしいと、駅員も心の底から思っていたから。

「葛城さん……」

駅員は、まっすぐに葛城に向き合う。

そして精いっぱい想いを込めて言葉を口にした。

「——どうか、今日が葛城さんにとっての分岐点になって欲しいです」

駅員は、葛城の瞳をまっすぐに見つめて言葉を続ける。

「このまほろし駅からは、過去の分岐点へと戻ることができます。でもこれからは今日が葛城さんにとっての新たな一日です。だからこそ、今日をまた新たな分岐点にしてほしいと思いました。そして葛城さんの言う通り、ほんの少しずつでいいから前を向いてほしいと思ったんです……」

葛城の十分すぎるほどの愛と、後悔と、すべての想いを駅員は知った。

だからこそ駅員は、この言葉を伝えたのだ。

「今日が、俺にとっての分岐点……」

葛城自身も思った。

現実の世界では、どうやっても過去に戻ることなんてできない。

ましてや過去を変えることなんて誰にもできる訳がない。

だからこそ、もしも過去に戻ってやり直したいと思えるほどの強い後悔を抱えているのなら、ゆっくりと前を向いて、今日を分岐点にするべきではないのだろうか。

「……ああ、そうするよ」

葛城は深く頷く。

瞳には、最初にこのまほろし駅を訪れた時とは別人のような光が灯っていた。

その表情を見て駅員も頷く。

今の葛城になら、ちゃんとこの先を任せられると思えた――。

「葛城さん、今度はあなたの番ですからね」

「えっ?」

その言葉の意味が、葛城にはよく分からない。

あなたの番と言われても、何のことだか全く理解できなかった。

まるで何かの役割を示しているかのようだ。

疑問顔を浮かべたままの葛城に向かって駅員は、とある説明を始める。

その話は、葛城が全く想像もしていなかったものだった――。

「――実は、まほろし駅の駅員は、ここを訪れた人が交代制で、役割を担っているんですよ」

駅員は、言葉を続ける。

「だから一つ前の七月の満月の日には、私がここを葛城さんのように訪れていたんです。そして一度は過去の分岐点に戻って後悔をやり直し、それから八月の駅員になりました。だから今度は葛城さんが九月の駅員となって、ここを訪れる後悔を抱えた人たちの助けになる番なんです」

その言葉を聞いて、葛城は目を丸くさせた。

「まさか、そんなことが……」

「不思議ですよね、私も初めて知った時はびっくりしました。私の時はちょうど昨日、急に駅員になることを前の方から知らされたんですよ。実際知らせるタイミングはかなりまちまちみたいなんですけどね。まあ前の方は音楽の仕事も復帰したばかりで忙しい方なので、時間がなかなか取れなかったのかもしれませんが……」

少し困ったような顔をして、駅員が照れたように笑った。

でも葛城からしたら、駅員が自分と同じようにここを訪れたことがある人なんだと知って、親近感のようなものが湧いていた。それにインターネットの書き込みをした人物が現れた理由も分かった気がした。ここから現実の世界に戻ってきたからだ。駅員として導く側の体験もしたからこそ、この駅の存在を馬鹿にして、否定する人たちのことが許せなかったのかもしれない。

現に葛城も、このまほろし駅の存在に救われたのだから。

「このまほろし駅の仕組みについては分かった……。だが……」

ただ、それと同時にほんの少しの不安もつきまとう。

「……どうしましたか、葛城さん?」

葛城がポツリと言葉を漏らした。

「……俺にも、ちゃんとこのまほろし駅の駅員が務まるだろうか」

駅員がはっきりとした口調で答える。

「大丈夫ですよ、だってここを訪れた人たちがその後に駅員を務めているんだから

こそ、人の気持ちに親身になることができるんです。そして自分自身の過去の分岐

点から戻った経験があるからこそ、ちゃんと伝えられる言葉があるはずですから」

「ちゃんと伝えられる言葉……」

「ええ、私も大切な言葉を教わりました。……葛城さんもこれから前を向くのが少

し辛くなった時は、後ろを向いて後ろに進めばいいんですよ、そうすれば結局前に

進んでいることになりますからね」

そう言って駅員がにっこりと笑った。

きっとその言葉は、一つ前の駅員から教わったものなのだろう。

その言葉をしっかりと受け止めて、抱きしめているかのようだった。

そして駅員は、ふっと笑ってから言葉を続ける。

「ここはそういう言葉と想いを繋《つな》いでいくところなんだと思います。駅って元々色んな人が訪れるところですからね。でも駅は誰もが立ち寄りはするけれど、ここが目的地になるという人はそう多くありません。なのでここに誰か一人をずっと残す訳ではなく、誰かが順々にこの分岐点の駅に立って、道しるべのような存在になっているのではないでしょうか」

「道しるべのような存在、か……」

確かにその通りだと思った。

そういう過去から学んだ人たちが駅員を務めているからこそ、ここを訪れた人たちも前を向いて、迷わずに新しい道に進むことができるのだ。

今度はその言葉と想いを、葛城が伝える番だった。

そして駅員は、最後ににこりと笑って言葉を続ける。

「ええ、だから葛城さん。次はあなたがこの分岐点に立って、誰かの道しるべになってください」

葛城がその言葉に、ゆっくりと頷いて答えた。

「……ああ、約束するよ」

そして空を見上げる。

葛城はもう迷わない気がした。

道しるべのような満月の明かりが、この先の道を照らしてくれていたから――。

――まほろし駅は、本当に存在していた。

でも噂通り、まほろし駅から過去に戻って何かを変えても現実の世界に影響を及ぼすことはなかった。

自分の過去の分岐点に戻って、もう一つの選択肢の人生を歩んでいたらどうなっていたかを知ることしかできないのだ。

過去はどうやっても変えることはできない。

それは現実の世界と一緒だ。

ただ、それでも何か過去に戻って得られるものはあるかもしれない――。


今自分の周りにある大切なものの存在に気づくかもしれない。

今まで知らなかった人の想いを知るかもしれない。

本当に大切なものが何なのかを教えてくれるかもしれない。

思いもよらない事実を知ることになるかもしれない。

もう一度、大切な人に会えるかもしれない――。

そんな人の想いと欅の木と満月の不思議な力が重なって、次の月もきっとまたまほろし駅は現れる。

そしてそこには一人の駅員が待っているはずだ。

まほろし駅を訪れる人の道しるべとして――。

「あなたの、人生の分岐点はいつですか?」

九月の駅員「葛城」より

あとがき

私はよく後悔をするタイプの人間です。もう戻ることのできない過去のことをくよくよ考えたり、もしもあの時に戻ってやり直すことができたら……、なんてことを今でも度々考えます。だけどそんな自分だからこそ、この『分岐駅まほろし』という作品を生み出すことができました。各話の主人公たちは、それぞれ人生の分岐点となる過去の後悔を抱えていますが、どの登場人物たちの中にも自分が散りばめられている気がします。

例えばですが、私は受験で第一志望の大学に落ちています。その時はとても悔しい思いをしましたが、そのまま第一志望の大学に合格していたら、まず小説家にはなっていません。なぜなら第一志望の大学は国語の教職が取れる学部を志望していたので、そのまま国語科の教員となっていたはずです。

それはそれで違った形でのいい人生があったかもしれませんが、私にとっては大きな分岐点だったと思います。その時のことを通して、失敗に思えるようなことでも、意外と後になってみるとわからない、ということを身をもって経験することになりました。

しかし、いつまでも強い後悔に悩まされてしまうような、後になっても意味があったとさえ思えないような、そんな辛い過去を抱えている人も少なからずいると思います。私もその一人ではありますが、そんな強い後悔を抱えてしまうのはなぜでしょうか。

大きな失敗をしてしまったから？　違う選択をすれば成功している未来があったから？

過去のことを気にして、ずっと考え続けてしまう性格だから？

いや、決してそうではないと思います。

なぜなら、どうしても大きな後悔を抱えてしまうのは、『関係した人や物事への想いがとても強かったから』なのではないかと思います。

あの日の大切な人との別れ方に後悔があるのは、本当にその人のことが大切だったから。あの日の失敗をいつまでも後悔しているのは、本当に一生懸命成功させようと頑張ってきたからなんだと思います。あまり大切な人でなかったり、ちゃんと頑張ってこなかったことであれば、同じ状況で失敗したとしても、まあいいか、というくらいでそんなに後悔はしないと思います。

だからこそ、強い後悔をするということは、自分が誰かや何かに対して一生懸命向き合った結果だと思います。だから後悔はそんなに悪いことだけではないのかもしれません。それだけの想いが込められていた証なのですから。

私はこれからの人生の中でもまた何度か後悔をするでしょうが、そんな想いを胸に抱えつつ、時には後ろを向きながら後ろに歩きだそうと思います。


最後にはなりますが、本書の刊行に際してお世話になった方々に、お礼を述べさせていただきます。

『分岐駅まほろし』のイメージをそのままに、素晴らしいカバーを仕上げてくださったイラストレーターのしらこさん、デザイナーの川谷康久さん、単行本から文庫化に至るまで並走して作品を作ってくださった担当編集の実業之日本社・篠原康子さん。いつも応援してくださっている書店の皆様、本当にありがとうございました。

そして何よりも本書を手にとって頂いた読者の皆さん、ありがとうございます。満月の夜に電車に乗った時には、ふとこの作品を思いだしてもらえれば、とても嬉しく思います。『分岐駅まほろし』を読んでくださり、本当にありがとうございました。

二〇二五年　四月　　清水晴木

二〇二二年十一月　小社刊

本作品はフィクションです。実在の個人、団体とは一切関係ありません。（編集部）

実業之日本社文庫　最新刊

あさのあつこ
風を紡ぐ　針と剣　縫箔屋事件帖

おちえの竹刀が盗まれた。おちえの父が大店のため縫い上げた花嫁衣裳にも不穏な影が忍び寄り……。風雲急を告げる、時代小説シリーズ〈針と剣〉第3弾！

あ124

梓林太郎
京都・化野殺人怪路　私立探偵・小仏太郎

社長令嬢が誘拐され、身代金三千万円を要求。小仏らは犯人が指示した京都へ向かうが、清水寺付近で金だけを奪取されて……傑作旅情ミステリー！

あ319

近衛龍春
蒲生氏郷　信長に選ばれた男

常に先陣を切る勇猛な戦いぶりを織田信長に愛され、婿となった蒲生氏郷は、信長の死後、秀吉に仕え、伊勢松坂、奥州会津の礎を築く大大名となるが……。

こ65

清水晴木
分岐駅まほろし

満月の夜だけ現れる不思議な駅は、過去に後悔を抱えた者たちが辿り着く場所。人生の分岐点に巻き戻った彼らの結末は!?　感涙ファンタジー、待望の文庫化！

し121

実業之日本社文庫 し 12 1

分岐駅《ぶんきえき》まほろし

2025年4月15日　初版第1刷発行

著　者　清水晴木《しみずはるき》

発行者　岩野裕一
発行所　株式会社実業之日本社
〒107-0062　東京都港区南青山6-6-22 emergence 2
電話 [編集]03(6809)0473 [販売]03(6809)0495
ホームページ　https://www.j-n.co.jp/
ＤＴＰ　ラッシュ
印刷所　中央精版印刷株式会社
製本所　中央精版印刷株式会社

フォーマットデザイン　鈴木正道(Suzuki Design)

ISBN978-4-408-55940-7（第二文芸）